读客当代文学文库

当代文学看读客，名家名作都在这

偶然事件

余华 著

江苏凤凰文艺出版社

图书在版编目（CIP）数据

偶然事件 / 余华著. -- 南京：江苏凤凰文艺出版社，2025.3（2025.4重印）
（读客当代文学文库）
ISBN 978-7-5594-8456-7

Ⅰ. ①偶… Ⅱ. ①余… Ⅲ. ①中篇小说 - 小说集 - 中国 - 当代 Ⅳ. ① I247.5

中国国家版本馆 CIP 数据核字 (2024) 第 008242 号

偶然事件

余华 著

责任编辑	丁小卉
特约编辑	李晓宇　陆雨晴　黄雅慧　尹开心
封面作品	《手记1号—1999页如是说》(1990年，局部)，© 张晓刚2024
装帧设计	陈艳丽　汪　芳
责任印制	杨　丹
出版发行	江苏凤凰文艺出版社
	南京市中央路165号，邮编：210009
网　　址	http://www.jswenyi.com
印　　刷	三河市中晟雅豪印务有限公司
开　　本	880毫米×1230毫米　1/32
印　　张	8.25
字　　数	165千字
版　　次	2025年3月第1版
印　　次	2025年4月第3次印刷
标准书号	ISBN 978-7-5594-8456-7
定　　价	49.90元

江苏凤凰文艺版图书凡印刷、装订错误，可向出版社调换，联系电话：010-87681002。

于是我发现了世界赋予人与自然的命运。人的命运，房屋、街道、树木、河流的命运。世界自身的规律便体现在这命运之中，世界里那不可捉摸的一部分开始显露其光辉。

——余华

意大利版自序

这里收集了我的四个故事,在十年前,在潮湿的阴雨绵绵的南方,我写下了它们。我记得那时的稿纸受潮之后就像布一样地柔软,我将暴力、恐惧、死亡,还有血迹写在了这一张张柔软之上。

这似乎就是我的生活,在一间临河的小屋子里,我孤独地写作,写作使我的生命活跃起来,就像波涛一样,充满了激情。那时候我没有意识到自己作品里的暴力和死亡,是别人告诉了我,他们不厌其烦地说着,要我明白这些作品给他们带去了难受和恐怖。我半信半疑了一段时间后,开始相信他们的话了。那段时间,他们经常问我:为什么要写出这样的作品?他们用奇怪的目光注视着我,问我:为什么要写这么多的死亡和暴力?

我不知道该怎样回答,在这个问题上,我知道的并不比他们多,这是作家的难言之隐。我曾经请他们去询问生活:为什么在生活中会有这么多的死亡和暴力?我相信生活的回答将是缄口不言。

现在，当EINAUDI出版社希望我为这四个故事写一篇前言时，我觉得可以谈谈自己的某些遥远的记忆，这些像树叶一样早已飘落却始终没有枯萎的记忆，也许可以暗示出我的某些写作。我的朋友米塔，这位出色的翻译家希望我谈谈来自生命的一些印象，她的提醒很重要，往往是这些隐秘的、零碎的印象决定了作家后来的写作。

我现在要谈的记忆属于我的童年。我已经忘记了我的恐惧是从什么时候开始的，让我铭心刻骨的是树梢在月光里闪烁的情景，我觉得这就是我童年的恐惧。在夜深人静之时，我躺在床上，透过窗户看到树梢在月光里的抖动和闪烁，夜空又是那么地深远和广阔，仿佛是无边无际的寒冷。我想，这就是我最初的，也是最为持久的恐惧。直到今天，这样的恐惧仍然伴随着我。

对于死亡和血，我却是心情平静。这和我童年生活的环境有关，我是在医院里长大，我经常坐在医院手术室的门口，等待着那位外科医生的父亲从里面走出来。我的父亲每次出来时，身上总是血迹斑斑，就是口罩和手术帽上也都沾满了鲜血。有时候还会有一位护士跟在我父亲的身后，她手提一桶血肉模糊的东西。

当时我们全家就住在医院里，我窗户的对面就是医院的太平间，那些因病身亡的人，在他们的身体被火化消失之前，经常在我窗户对面的那间小屋子里躺到黎明，他们亲人的哭声也从漫漫黑夜里响彻过来，在黎明时和日出一起升起。

在我年幼时，在无数个夜晚里，我都会从睡梦里醒来，聆听失去亲人以后的悲哀之声，我觉得那已经不是哭泣了，它们是那么地漫长持久，那么地感动人心，哭声里充满了亲切，那种疼痛无比的亲切。后来的很多时候，当我回忆起这些时，不知为何我总觉得这是世上最为动人的歌谣。

　　那时候我发现了一个事实，很多人都是在黑夜里死去的。于是在白天，我经常站在门口，端详着对面那间神秘的小屋，在几棵茂盛的大树下面，它显得孤单和寂寞，没有门，有几次我走到近旁向里张望，看到里面只有一张水泥床，别的什么都没有看到。有一次我终于走了进去，我记得那是一个夏日的中午，我走了进去，我发现这间属于死者中途的旅舍十分干净，没有丝毫的垃圾。我在那张水泥床旁站了一会儿，然后小心翼翼地伸手摸到了它，我感受到了无比的清凉，在那个炎热的中午，它对于我不是死亡，而是生活。

　　于是在后来的最为炎热的时候，我会来到这间小屋，在凉爽的水泥床上，在很多死者躺过的地方，我会躺下来，完成一个美好的午睡。那时候我年幼无知，我不害怕死亡，也不害怕鲜血，我只害怕夜晚在月光里闪烁的树梢。当然我也不知道很多年以后会从事写作，写下很多死亡和鲜血，而且是写在受潮以后的纸上，那些极其柔软的稿纸上。

一九九七年六月十一日

旧版自序

在一部作品写作之初,作家的理想往往是模糊不清的,作家并不知道这部作品会给自己带来什么。我的意思是,一如既往的写作是在叙述上不断地压制自己?还是终于解放了自己?当一位作家反复强调如何喜欢自己的某一部作品时,一定有着某些隐秘的理由。因为一部作品的历史总是和作家个人的历史紧密相连,在作家众多的作品中,总会有那么几部是作为解放者出现的,它们让作家恍然大悟,让作家感到自己已经进入了理想中的写作。

叙述上的训练有素,可以让作家水到渠成般地写作,然而同时也常常掩盖了一个致命的困境。当作家拥有了能够信赖的叙述方式,知道如何去应付在写作过程中出现的一系列问题时,信赖会使作家越来越熟练,熟练则会慢慢地把作家造就成一个职业的写作者,而不再是艺术的创造者了。这样的写作会使作家丧失理想,他每天面临的不再是追求什么,而是表达什么。所以说当作家越来越得心应手的时候，他也开始遭受到来自叙述的欺压了。

我个人的写作历史告诉我：没有一部作品的叙述方式是可以事先设计的，写作就像生活那样让我感到未知，感到困难重重。因此叙述的方式，或者说是风格，那些令人心醉神迷的风格不会属于任何人，它不是大街上的出租车招手即来，它在某种意义上是一名拳击手，它总是想方设法先把你打倒在地，让你心灰意冷，让你远离那些优美感人的叙述景色，所以你必须将它击倒。写作的过程有时候就是这样，很像是斗殴的过程。因此，当某些美妙的叙述方式得到确立的时候，所表达出来的不仅仅是作家的才华和洞察力，同时也表达了作家的勇气。

一九九六年二月八日

目　录

偶然事件　　　　　　　001

世事如烟　　　　　　　063

难逃劫数　　　　　　　125

战　栗　　　　　　　　181

附　录　　　　　　　　233
余华的世界与世界的余华——刘康访谈录

偶然事件

1987年9月5日

老板坐在柜台内侧，年轻女侍的腰在他头的附近活动。峡谷咖啡馆的颜色如同悬崖的阴影，拒绝户外的阳光进入。《海边遐想》从女侍的腰际飘拂而去，在瘦小的"峡谷"里沉浸和升起。老板和香烟、咖啡、酒坐在一起，毫无表情地望着自己的"峡谷"。万宝路的烟雾弥漫在他脸的四周。一位女侍从身旁走过去，臀部被黑色的布料紧紧围困。走去时像是一只挂在树枝上的苹果，晃晃悠悠。女侍拥有两条有力摆动的长腿。上面的皮肤像一张纸一样整齐，手指可以感觉到肌肉的弹跳（如果手指伸过去）。

一只高脚杯由一只指甲血红的手安排到玻璃柜上，一只圆形的酒瓶开始倾斜，于是暗红色的液体浸入酒杯。是朗姆酒？然后酒杯放入方形的托盘，女侍美妙的身影从柜台里闪出，两条腿有力地摆动过来。香水的气息从身旁飘了过去。她走过去了。

酒杯放在桌面上的声响。

"你不来一杯吗？"他问。

咳嗽的声音。那个神色疲倦的男人总在那里咳嗽。

"不，"他说，"我不喝酒。"

女侍又从身旁走过，两条腿。托盘已经竖起来，挂在右侧腿旁，和腿一起摆动。那边两个男人已经坐了很久，一小时以前他们进来时似乎神色紧张。那个神色疲倦的只要了一杯咖啡；另一个，显然精心修理过自己的头发。这另一个已经要了三杯酒。

现在是《雨不停心不定》的时刻，女人的声音妖气十足。

被遗弃的青菜叶子漂浮在河面上。女人的声音庸俗不堪。老板站起来，给自己倒了一杯酒，他朝身边的女侍望了一眼，目光毫无激情。女侍的目光正往这里飘扬，她的目光过来是为了挑逗什么。

一个身穿真丝白衬衫的男子推门而入。他带入些许户外的喧闹。他的裤料看上去像是上等好货，脚蹬一双黑色羊皮鞋。他进入"峡谷"时的姿态随意而且熟练。和老板说了一句话以后，和女侍说了两句以后，女侍的媚笑由此而生。然后他在斜对面的座位上落座。

一直将秋波送往这里的女侍，此刻去斜对面荡漾了。另一女侍将一杯咖啡、一杯酒送到他近旁。

他说:"我希望你也能喝一杯。"

女侍并不逗留,而是扭身走向柜台,她的背影招展着某种欲念。她似乎和柜台内侧的女侍相视而笑。不久之后她转过身来,手举一杯酒,向那男人款款而去。那男人将身体挪向里侧,女侍紧挨着坐下。

柜台内的女侍此刻再度将目光瞟向这里。那目光赤裸裸,掩盖是多余的东西。老板打了个呵欠,然后转回身去按了一下录音机的按钮,女人喊声戛然而止。他换了一盒磁带。《吉米,来吧》。依然是女人在喊叫。

那个神色疲倦的男人此刻声音响亮地说:

"你最好别再这样。"

头发漂亮的男人微微一笑,语气平静地说:

"你这话应该对他(她)说。"

女侍已经将酒饮毕,她问身穿衬衫的人:

"希望我再喝一杯吗?"

真丝衬衫摇摇头:"不麻烦你了。"

女侍微微媚笑,走向了柜台。

身穿衬衫者笑着说:"你喝得太快了。"

女侍回首赠送一个媚眼,算是报酬。

柜台里的女侍没人请她喝酒,所以她瞟向这里的目光肆无忌惮。

又一位顾客走入"峡谷"。他没有在柜台旁停留,而是走向真丝衬衫者对面的空座。那是一个精神不振的男人,他向轻盈走来的女侍要了一杯饮料。

柜台里的女侍开始向这里打媚眼了。她期待的东西一目了然。置身男人之中,女人依然会有寂寞难忍的时刻。《大约在冬季》。男人感伤时也会让人手足无措。女侍的目光开始撤离这里,她也许明白热情投向这里将会一无所获。她的目光开始去别处呼唤男人。她的脸色若无其事。现在她脸上的神色突然紧张起来。她的眼睛惊恐万分,眼球似乎要突围而出。

她的手捂住了嘴。

"峡谷"里出现了一声惨叫。那是男人生命将撕断时的叫声。柜台内的女侍发出了一声长啸,她的身体抖动不已。另一女侍手中的酒杯猝然掉地,她同样的长啸掩盖了玻璃杯破碎的响声。老板呆若木鸡。

头发漂亮的男人此刻倒在地上。他的一条腿还挂在椅子上。胸口插着一把尖刀,他的嘴空洞地张着,呼吸仍在继续。

那个神色疲倦的男人从椅子上站起来,他走向老板:"你这儿有电话吗?"

老板惊慌失措地摇摇头。

男人走出"峡谷",他站在门外喊叫:

"喂,警察,过来。"

后来的那两个男人面面相觑。两位女侍不再喊叫,躲在一旁浑身颤抖。倒在地上的男人依然在呼吸，他胸口的鲜血正使衣服改变颜色。他正低声呻吟。

警察进来了，出去的男人紧随而入。警察也大吃一惊。那个男人说：

"我把他杀了。"

警察手足无措地望望他，又看了看老板。那个男人重又回到刚才的座位上坐下。他显得疲惫不堪，抬起右手擦着脸上的汗珠。警察还是不知所措，站在那里东张西望。后来的那两个男人此刻站起来，准备离开。警察看着他们走到门口。

然后喊住他们：

"你们别走。"

那两个人站住了脚，迟疑不决地望着警察。警察说：

"你们别走。"

那两个人互相看看，随后走到刚才的座位上坐下。

这时警察才对老板说：

"你快去报案。"

老板动作出奇敏捷地出了"峡谷"。

录音机发出一声"咔嚓"，磁带停止了转动。现在"峡谷"里所有的人都默不作声地看着那个垂死之人。那人的呻吟已经终止，呼吸趋向停止。

似乎过去了很久，老板领来了警察。此刻那人已经死去。

那个神色疲倦的人被叫到一个中年警察跟前，中年警察简单讯问了几句,便把他带走。他走出"峡谷"时垂头丧气。

有一个警察用相机拍下了现场。另一个警察向那两个男人要去了证件,将他们的姓名、住址记在一张纸上,然后将证件还给他们。警察说:

"需要时会通知你们。"

现在,这个警察朝这里走来了。

1987年9月10日

砚池公寓顶楼西端的房屋被下午的阳光照射着,屋内窗帘紧闭,黑绿的窗帘闪闪烁烁。她坐在沙发里,手提包搁在腹部,她的右腿架在左腿上,身子微微后仰。

他俯下身去,将手提包放到了茶几上,然后将她的右腿从左腿上取下来。他说:

"有些事只能干一次,有些则可以不断重复去干。"

她将双手在沙发扶手上摊开,眼睛望着他的额头。有成熟的皱纹在那里游动。纽扣已经全部解开,他的手伸入毛衣,正将里面的衬衣从裤子里拉出来。手像一张纸一样贴在了皮肤上。如同是一阵风吹来,纸微微掀动,贴着街道开始了慢慢的移动。然后他的手伸了出来。一条手臂伸到她的腿弯里,另一条从脖颈后绕了过去,插入她右侧的胳肢窝,手出现在胸前。

她的身体脱离了沙发，往床的方向移过去。

他把她放到了床上，却并不让她躺下，一只手掌在背后制止了她身体的迅速后仰，外衣与身体脱离，飞向床架后就挂在了那里。接着是毛衣被剥离，也飞向床架。衬衣的纽扣正在发生变化，从上到下。他的双手将衬衣摊向两侧。乳罩是最后的障碍。

手先是十分平稳地在背后摸弄，接着发展到了两侧，手开始越来越急躁，对乳罩搭扣的寻找困难重重。

"在什么地方？"

女子笑而不答。

他的双手拉住了乳罩。

"别撕。"她说，"在前面。"

搭扣在乳罩的前面。只有找到才能解开。

后来，女子从床上坐起来，十分急切地穿起了衣服。他躺在一旁看着，并不伸手给予帮助。她想"男人只负责脱下衣服，并不负责穿上"。她提着裤子下了床，走向窗户。穿完衣服以后开始整理头发。同时用手掀开窗帘的一角，往楼下看去。随后放下了窗帘，继续梳理头发。动作明显缓慢下来。

然后她转过身来，看着他，将茶几上的手提包背在肩上。她站了一会儿，重又在沙发上坐下，把手提包搁在腹部。她看着他。

他问："怎么，不走了？"

"我丈夫在楼下。"她说。

他从床上下来，走到窗旁，掀开一角窗帘往下望去。一辆电车在街道上驶过，一些行人稀散地布置在街道上。他看到一个男人站在人行道上，正往街对面张望。

陈河站在砚池公寓下的街道上，他和一棵树站在一起。此刻他正眯缝着眼睛望着街对面的音像商店。《雨不停心不定》从那里面喊叫出来。曾经在什么地方听到过，《雨不停心不定》。这曲子似乎和一把刀有关，这曲子确实能使刀闪闪发亮。峡谷咖啡馆。在街上走啊走啊，口渴得厉害，进入峡谷咖啡馆，要一杯饮料。然后一个人惨叫一声。只要惨叫一声，一个人就死了。人了结时十分简单。《雨不停心不定》在峡谷咖啡馆里，使一个人死去，他为什么要杀死他？

有一个女人从音像商店门口走过，她的头微微仰起，她的手甩动得很大，她有点像自己的妻子。有人侧过脸去看着她，是一个风骚的女人。她走到了一个邮筒旁，站住了脚。她拉开了提包，从里面拿出一封信，放入邮筒后继续前行。

他想起来此刻右侧的口袋里有一封信安睡着。这封信和峡谷咖啡馆有关。他为什么要杀死他？自己的妻子是在那个拐角处消失的，她和一个急匆匆的男人撞了一下，然后她就消失了。邮筒就在街对面，有一个小孩站在邮筒旁，正在吃糖葫芦。小孩和它一般高。他从口袋里拿出了那封信，看了看信封上陌生的名字，然后他朝街对面的邮筒走去。

砚池公寓里的男人放下了窗帘,对她说:

"他走了。"

1987年9月11日

一群鸽子在对面的屋顶飞了起来,翅膀拍动的声音来到了江飘站立的窗口。是接近傍晚的时候了,对面的屋顶具有着老式的倾斜。落日的余晖在灰暗的瓦上飘拂,有瓦楞草迎风摇曳。鸽子就在那里起飞,点点白色飞向宁静之蓝。事实上,鸽子是在进行晚餐前的盘旋。它们从这个屋顶起飞,排成屋顶状的倾斜,进行弧形的飞翔。然后又在另一个屋顶上降落,现在是晚餐前的散步。它们在屋顶的边缘行走,神态自若。

下面的胡同有一些衣服飘扬着,几根电线在上面通过。胡同曲折伸去,最后的情景被房屋掩饰,大街在那里开始。是接近傍晚的时候了。依稀听到油倒入锅中的响声,炒菜的声响来自另一个位置。几个人站在胡同的中部大声说话,晚餐前的无所事事。

她沿着胡同往里走来,在这接近傍晚的时刻。她没有必要如此小心翼翼。她应该神态自若。像那些鸽子,它们此刻又起飞了。她走在大街上的姿态令人难忘,她应该以那样的姿态走来。那几个人不再说话,他们看着她。她走过去以后他们仍然看着她。她显然意识到了这一点，所以她才如此紧张。放心往前走吧，没人会注意你。那几个人继续说话了，现在她该放松一点了。可她仍然胆战心惊。一开始她们都这样，时间长了她们就会神态自若，像那些鸽子，它们已经降落在另一个屋顶上了，在边缘行走，快乐孕育在危险之中。也有一开始就神态自若的，但很少能碰上。她已在胡同里消逝，她现在开始上楼了，但愿她别敲错屋门，否则她会更紧张。第一次干那种事该小心翼翼，不能有丝毫意外出现。

他离开窗口，向门走去。

她进屋以后神色紧张："有人看到我了。"

他将一把椅子搬到她身后，说："坐下吧。"

她坐了下去，继续说："有人看到我了。"

"他们不认识你。"他说。

她稍稍平静下来，开始打量起屋内的摆设，她突然低声叫道："窗帘。"

窗帘没有扯上，此刻窗外有鸽子在飞翔。他朝窗口走去。这是一个失误。对于这样的女人来说，一个小小的失误就会使前程艰难。他扯动了窗帘。

她低声说："轻一点。"

屋内的光线蓦然暗淡下去。趋向宁静。他向她走去，她坐在椅子里的身影显得模模糊糊。这样很好。他站在了她的身旁，伸出手去抚摸她的头发。女人的头发都是一样的。抚摸需要温柔地进行,这样可以使她彻底平静。

她抬起头来看着他,他的眼睛闪闪发亮,注意她的呼吸,呼吸开始迅速。现在可以开始了。用手去抚摸她的脸,另一只手也伸过去,手放在她的眼睛上,让眼睛闭上,要给予她一片黑暗。只有在黑暗中她才能体会一切。可以腾出一只手来了,手托住她的下巴,让她的嘴唇微微翘起,该他的嘴唇移过去了。要用动作来向她显示虔诚。嘴唇已经接触。她的身体动了一下。嘴唇与嘴唇先是轻轻地摩擦。她的手伸了过来,抓住了他的手臂。她现在已经脱离了平静,走向不安,不安是一切的开始。可以抱住她了,嘴唇此刻应该热情奔放。她的呼吸激动不已。她的丈夫是一个笨蛋,手伸入她的衣服,里面的皮肤很温暖。她的丈夫是那种不知道女人是什么的男人,把乳罩往上推去,乳房掉了下来,美妙的沉重。否则她就不会来到这里。

有敲门声突然响起。她猛地一把推开了他。他向门口走去,将门打开一条缝。

"你的信。"

他接过信,将门关上,转回身向她走去。他若无其事地说:"是送信的。"

他将信扔在了写字台上。

她双手捂住脸,身体颤抖。

一切又得重新开始。他双手捧住她的脸,她的手从脸上滑了下去,放在了胸前。他吻她的嘴唇,她的嘴唇已经麻木,这是另一种不安。

她的脸扭向一旁，躲开他的嘴唇，她说：

"我不行了。"

他站起来，走到床旁坐下，他问她：

"想喝点什么吗？"

她摇摇头，说："我担心丈夫会找来。"

"不可能。"

"会的，他会找来的。"她说。然后她站起来："我要走了。"

她走后，他重新拉开了窗帘，站在窗口看起了那些飞翔的鸽子，看了一会儿才走到写字台前，拿起了那封信，有时候一张纸就能破坏一切。

陈河致江飘的信

我就是那个9月5日和你一起坐在峡谷咖啡馆的人，如果我没有记错的话，我俩面对面坐在一起。你好像穿了一件真丝衬衫，你的皮鞋擦得很亮。我们的邻座杀死了那个好像穿得很漂亮的男人。警察来了以后就要去了我们的证件，还给我们时把你的还给我把我的还给你。我是今天才发现的，所以今天才寄来。我请你也将我的证件给我寄回来，证件里有我的地址和姓名。地址需要改动一下，不是106号而是107号，虽然106号也能收到但还是改成107号才准确。

我不知道你对峡谷咖啡馆的凶杀有什么看法或者有什么想法。可能你什么看法想法也没有而且早就忘了杀人的事。我是第一次看到一个人杀了另一个人所以念念也忘不了。这几天我时时刻刻都在想着那桩事，那个被杀的倒在地上一条腿还挂在椅子上，那个杀人者走到屋外喊警察接着又走回来。我一闭上眼睛就能看到他们，和真的一模一样。究竟是什么原因促使一个男人下决心杀死另一个男人？我已经想了几天了，我想那两个男人必定与一个女人有关系。我不知道你是不是同意我的想法。

江飘致陈河的信

你的来信到时，破坏了我的一桩美事。尽管如此，我此刻给你写信时依然兴致勃勃。警察的疏忽，导致了我们之间的通信。事实上破坏我那桩美事的不是你，而是警察。警察在峡谷咖啡馆把我的证件给你时，已经注定了我今天下午的失败。你读到这段话时，也许会莫名其妙，也许会心领神会。

关于"峡谷"的凶杀，正如你信上所说，"早就忘了杀人的事"。我没有理由让自己的心情变得糟糕。但是你的来信破坏了我多年来培养起来的优雅心情。你将一具血淋淋的尸首放在信封里寄给我。当然这不是你的错，是警察的疏忽造成的。然而你"时时刻刻都在想着那桩事"，让我感到你是一个有些特殊的人。你的生活态度使我吃惊，你牢牢记住那些应该遗忘的事，干吗要这样？难道这样能使你快乐？迅速忘掉那些什么杀人之类的事，我一想到那些就不舒服。

证件随信寄上。

陈河致江飘的信

我的准确地址是107号不是106号，虽然也能收到但你下次来信时最好写成107号。我一遍一遍读了你的信，你的信写得真好。但是你为何只字不提你对那桩凶杀的看法或者想法呢？那桩凶杀就发生在你的眼皮底下你不会很快忘掉的。我时时刻刻都在想着这桩事，这桩事就像穿在身上的衣服一样总和我在一起。一个男人杀死另一个男人必定和一个女人有关系,对于这一点我已经坚信不疑并且开始揣想其中的原因。我感到杀人是有杀人理由的,我现在就是在努力寻找那种理由。我希望你能够和我一起寻找。

1987年9月29日

一个男孩来到窗前时突然消失,这期间一辆洒水车十分隆重地驰了过来,街两旁的行人的腿开始了某种惊慌失措的舞动。有树叶偶尔飘落下来。男孩的头从窗前伸出来,他似乎看着那辆洒水车远去,然后小心翼翼地穿越马路,自行车的铃声在他四周迅速飞翔。

他转过脸来,对她说:

"我已有半年没到这儿来了。"

她的双手摊在桌面上,衣袖舒展着倒在附近。她望着他的眼睛,这属于那种从容不迫的男人。微笑的眼角有皱纹向四处流去。

近旁有四男三女围坐在一起。

"喝点啤酒吗?"

"我不要。"

"你呢？"

"来一杯。"

"我喝雪碧。"

一个系领结的白衣男人将几盘凉菜放在桌上，然后在餐厅里曲折离去。

她看着白衣男人离去，同时问：

"这半年你在干什么？"

"学会了看手相。"他答。

她将右手微微举起，欣赏起手指的扭动。他伸手捏住她的手指，将她的手拖到眼前。

"你是一个讲究实际的女人。"他说。

"你第一次恋爱是十一岁的时候。"

她微微一笑。

"你时刻都存在着离婚的危险……但是你不会离婚。"

另一个白衣男人来到桌前，递上一本菜谱。他接过来以后递给了她。在这空隙里，他再次将目光送到窗外。有几个女孩子从这窗外飘然而过，她们的身体还没有成熟。她们还需要男人哺育。一辆黑色轿车在马路上驶过。他看到街对面梧桐树下站着一个男人，那个男人正看着他或者她。他看了那人一会儿，那人始终没有将目光移开。

白衣男人离去以后，他转回脸来，继续抓住她的手。

"你的感情异常丰富……你的事业和感情紧密相连。"

"生命呢？"她问。

他仔细看了一会儿，抬起脸说：

"那就更加紧密了。"

近旁的四男三女在说些什么。

"他只会说话。"一个男人的声音。

几个女人咯咯地笑。

"那也不一定。"另一个妇人说，"他还会使用眼睛呢。"

男女混合的笑声在餐厅里轰然响起。

"他们都在看着我们呢。"一个女人轻轻说。

"没事。"男人的声音。

另一个男人压低嗓门："喂，你们知道吗……"

震耳欲聋的笑声在厅里呼啸而起。他转过脸去，近旁的四男三女笑得前仰后合。什么事这么高兴。他想。然后转回脸去，此刻她正望着窗外。

"什么事？心不在焉的？"他说。

她转回了脸，说："没什么。"

"菜怎么还没上来。"他嘟哝了一句，接着也将目光送到窗外，刚才那个男人仍然站在原处，仍然望着他或者她。

"那人是谁？"他指着窗外问她。

她眼睛移过去，看到陈河站在街对面的梧桐树下，他头顶上有几根电线通过，背后是一家商店。有一个人抱着一包物品从里面出来。站在门口犹豫着，是往左走去还是往右走去？陈河始终望着这里。

"是我丈夫。"她说。

陈河致江飘的信

我9月13日给你去了一封信如果不出意外你应该收到了,我天天在等着你的来信刚才邮递员来过了没有你的来信,你上次的信我始终放在桌子上我一遍一遍看,你的信,真是写得太好了你的思想非常了不起。你信上说是警察的疏忽导致我们通信实在是太对了。如果没有警察的疏忽我就只能一人去想那起凶杀,我感到自己已经发现了一点什么。我非常需要你的帮助你的思想太了不起了,我太想我们两人一起探讨那起凶杀这肯定比我一个人想要正确得多,我天天都在盼着你的信我坚信你会来信的。期待你的信。

1987年10月8日

位于城市西侧的江飘的寓所窗帘紧闭。此刻是上午即将结束的时候,一个三十来岁的女子走入了公寓,沿着楼梯往上走去，不久之后她的手已经敲响了江飘的门。敲门声处于谨慎之中。屋内出现拖沓的脚步声，声音向门的方向而来。

江飘把她让进屋内后，给予她的是大梦初醒的神色。她的到来显然是江飘意料之外的，或者说江飘很久以前就不再期待她了。

"还在睡？"她说。

江飘把她让进屋内，继续躺在床上，侧身看着她在沙发里坐下来。她似乎开始知道穿什么衣服能让男人喜欢了。她的头发还是披在肩上，头发的颜色更加接近黄色了。

"你还没吃早饭吧？"她问。

江飘点点头。她穿着紧身裤，可她的腿并不长。她脚上的皮鞋一个月前在某家商店抢购过。她挤在一堆相貌平常的女人里，汗水正在毁灭她的精心化妆。她的细手里拿着钱，从女人们的头发上伸过去。

——我买一双。

她从沙发里站起来，说："我去替你买早点。"

他没有丝毫反应，看着她转身向门走去。她比过去肥硕多了，而且学会了摇摆。她的臀部、腿还没有长进，这是一个遗憾。她打开了屋门，随即重又关上，她消逝了。这样的女人并非没有一点长处。她现在正下楼去，去为他买早点。

江飘从床上下来，走入厨房洗漱。不久之后她重又来到。那时候江飘已经坐在桌前等待早点了。她继续坐在沙发里，看着他嘴的咀嚼。

"你没想到我会来吧。"

他加强了咀嚼的动作。

"事实上我早就想来了。"

他点点头,表示知道了。

"其实我是顺便走过这里。"她的语气有些沮丧,"所以就上来看看。"

江飘将食物咽下,然后说:"我知道。"

"你什么都知道。"她叹息一声。

江飘露出满意的一笑。

"你不会知道的。"她又说。

她在期待反驳。他想。继续咀嚼下去。

"实话告诉你吧,我不是顺路经过这里。"

她开场白总是没完没了。

她看了他一会儿,又说:"我确实是顺路经过这里。"

是否顺路经过这里并不重要。他站了起来,走向厨房。刚才已经洗过脸了,现在继续洗脸。待他走出厨房时,屋门再次被敲响。

一个二十四五岁的姑娘飘然而入,她发现屋内坐着一个女人时微微有些惊讶。随后若无其事地在对面沙发上落座。她有些傲慢地看着她。

表现出吃惊的倒是她。她无法掩饰内心的不满,她看着江飘。

江飘给她们做介绍。

"这位是我的女朋友。"

"这位是我的女朋友。"

两位女子互相看了看,没有任何表示,江飘坐到了床上,心想她们谁先离去。

后来的那位显得落落大方,嘴角始终挂着一丝微笑,她顺手从茶几上拿过一本杂志翻了几页。然后问:

"你后来去了没有?"

江飘回答:"去了。"

后来者年轻漂亮,她显然不把先来者放在眼里。她的问话向先来的暗示某种秘密。先来者脸色阴沉。

"昨天你写信了吗?"她又问。

江飘拍拍脑袋:"哎呀,忘了。"

她微微一笑,朝先来者望了一眼,又暗示了一个秘密。

"十一月份的计划不改变吧。"

"不会变。"江飘说。

出现一个未来的秘密。先来的她的脸色开始愤怒。江飘这时转过脸去:

"你后来去了青岛没有?"

先来者愤怒犹存:"没去。"

江飘点点头,然后转向后来的她。

"我前几天遇上戴平了。"

"在什么地方？"她问。

"街上。"

此刻先来者站起来，她说："我走了。"

江飘站立起来，将她送到屋外。在走道上她怒气冲冲地问："她来干什么？"

江飘笑而不答。

"她来干什么？"她继续问。

这是明知故问。江飘依然没有回答。

她在前面愤怒地走着。江飘望着她的脖颈——那里没有丝毫光泽。他想起很久以前有一次她也是这样离去。

来到楼梯口时，她转过身来脸色铁青地说：

"我再也不来了。"

江飘笑着说："你看着办吧。"

陈河致江飘的信

我越来越觉得你的信是让邮递员弄丢掉的，给我们这儿送信的邮递员已经换了两个，年龄越换越小。现在的邮递员是一个喜欢叫叫嚷嚷而不喜欢多走几步的年轻人。刚才他离去了他一来到整个胡同就要紧张起来他骑着自行车横冲直撞。

我一直站在楼上看着他他离去时手里还拿着好几封信。我问他有没有我的信他头也不回根本不理睬我。你给我的信肯定是他丢掉的。所以我只能一个人冥思苦想怎么得不到你那了不起的思想的帮助。虽然我从一开始就感到那起凶杀与一个女人有关，但我并不很轻易地真正这样认为。我是经过反复思索以后才越来越觉得一个女人参与了那起凶杀。详细的情况我这里就不再罗列了那些东西太复杂写不清楚。我现在的工作是逐步发现其间的一些细微得很的纠缠。基本的线索我已经找到那就是那个被杀的男人勾引了杀人者的妻子，杀人者一再警告被杀者可是一点作用也没有于是只能杀人了。我曾经小心翼翼地去问过我的两个邻居如果他们的妻子被别人勾引他们怎么办他们对我的问话表示很不耐烦但他们还是回答了我他们的回答使我吃惊他们说如果那样的话他们就离婚，他们一定将我的问话告诉了他们的妻子所以他们的妻子遇上我时让我感到她们仇恨满腔。我一直感到他们的回答太轻松只是离婚而已。他们的妻子被别人勾引他们怎么会不愤怒这一点使人难以相信，也许他们还没到那时候所以他们回答这个问题时很轻松。我不知道你遇到这种情况会怎么样，实在抱歉我不该问这样倒霉的问题，可我实在太想知道你的态度了，你不会很随便对待我这个问题的，我知道你是一个很有思想的人你的回答对我肯定有很大帮助。

期待你的信。

江飘致陈河的信

你为我提供了一个掩饰自己的机会，即使我完全可以承认自己曾给你写过两封信，其中一封让邮递员弄丢了，但我并不想利用这样的机会，我倒不是为给邮递员平反昭雪，而是我重新读了你的所有来信，你的信使我感动。你是我遇上的最为认真的人。那起凶杀案我确实早已遗忘，但你的不断来信使我的记忆死灰复燃。对那起凶杀案我现在也开始记忆犹新了。

你在信尾向我提出一个颇有意思的问题，即我的妻子一旦被别人勾引我将怎么办。我的回答也许和你的邻居一样会令你失望。我没有妻子，我曾努力设想自己有一位妻子，而且被别人勾引了，从而将自己推到怎么办的处境里去。但是这样做使我感到是有意为之。你是一个严肃的人，所以我不能随便寻找一个答案对付你。我的回答只能是，我没有妻子。

你的邻居的回答使你感到一种不负责任的轻松，他们的态度仅仅只是离婚，你就觉得他们怎么会不愤怒，这一点我很难同意。因为我觉得离婚也是一种愤怒。我理解你的意思。你显然认为只有杀死人是一种愤怒，而且是最为极端的愤怒。但同时你也应该看到还有一种较为温和的愤怒，即离婚。

另外还有一点，你认为一个男人杀死另一个男人，必定和一个女人有关。这似乎有些武断。男人有时因为口角就会杀人，况且还存在着多种可能，比如谋财害命之类的。或者他们俩共同参与某桩事，后因意见不合也会杀人。总之峡谷咖啡馆的凶杀的背景是多种多样的，不能只用一种来下结论。

陈河致江飘的信

终于收到了你的来信你的信还是寄到106号没寄到107号但我还是收到了。我非常高兴终于有一个来和我讨论那起凶杀的人了，你的见解非常有意思你和我的邻居完全不一样，我没法和他们讨论什么但能和你讨论。

你信上说离婚也是一种愤怒我想了很久以后还是不能同意。因为离婚是一种让人高兴的事总算能够扔掉什么了。这是一般说法上的离婚，特殊的情况也不是没有但那不是愤怒而是痛苦，离婚只有两种，即兴奋和痛苦两种而没有什么愤怒的离婚当然有时候会有一点气愤。

你信上罗列了一个男人杀死另一个男人时的多种背景的可能我是同意的，你那两个词用得太好了就是背景与可能。这两个词我一看就能明白你用词非常准确，一个男人确实会因为口角或者谋财和共同参与某桩事有了意见而去杀死另一个男人。峡谷咖啡馆的那起凶杀却要比你想的严重得多那起凶杀一定和一个女人有关，你应该记得杀人者杀死人以后并不是匆忙逃跑而是去叫警察，他肯定做好了同归于尽的准备。这种同归于尽的凶杀不可能只是因为口角或者谋财必定和一个女人有关。被杀者勾引了杀人者的妻子杀人者屡次警告都没有用杀人者绝望以后才决定同归于尽的。

你回答我最后一个问题时说你没有妻子，这

个回答很好,我一点也没有失望。你的认真态度使我非常高兴。你没有妻子的回答让我知道了你为何不同意我的说法即一个男人杀死另一个男人必定和一个女人有关,没有妻子的男人与有妻子的男人在讨论一起凶杀时有点分歧很正常,不会影响我们继续讨论下去的,我这样想,我想你也会同意的。

期待你的信。

江飘致陈河的信

你用杀人者同归于尽的做法仍然难以说明,即说明那起凶杀与一个女人有关。首先我准备提醒你的是同归于尽的做法是很常见的,并非一定与女人有关。我不知道你为何总是把凶杀与女人扯在一起,反正我不喜欢这样。男人和女人交往是为了寻求共同的快乐,可不是为了凶杀。我不喜欢你的推断是因为你把男女之间的美妙交往搞得过于鲜血淋淋了。

我没有妻子的回答,与我不同意你将凶杀与女人扯在一起的推断毫无关系。你的话让我感到自己没有妻子就无法了解那起凶杀的真相似的,虽然我没有妻子，但我可以告诉你我有女人。你我都是拥有女人的男人，这一点我们是一样的。但是你我之间存在一个最大的分歧，你认为同归于尽的凶杀必定与女人有关，我则恰恰相反。一个男人因为自己的妻子被别人勾引，从而去与勾引者同归于尽。这种说法太简单了，像是小说。你应该认识到这种勾引是需要一个过程的，不管这个过程是长是短，作为丈夫的有足够的时间来设计谋杀，从而将自己的杀人行为掩盖起来。他完全没有必要选择同归于尽的方法，这实在是愚蠢。事实上男人因为女人去杀人本身就愚蠢。

其实你我两人永远也无法了解那起凶杀的真相，我们只能猜测，如果想使我们猜测更加符合事实真相，最好的办法是设计出多种杀人的可能性，而不只是情杀一种。这倒是一件挺有意思的事，也是消磨时光的另一种好办法。我乐意与你分析讨论下去。

陈河致江飘的信

我非常高兴你的信总算寄到了107号而不是106号，我收到时非常高兴。你非常坦率你愿意和我分析与讨论下去的话使我激动不已虽然我们之间有分歧其实只有分歧才能讨论下去如果意见一致就没有必要讨论了。

你说你有女人但没有妻子使我吃了一惊我想你是有未婚妻吧，你什么时候结婚？结婚时别忘了告诉我。我要来祝贺，我现在非常想见到你。

你的信我反复阅读读得如饥似渴我承认你的话有道理有些地方很对，我反复想了很久还是觉得那起凶杀与女人有关我实在想不出更有说服力的凶杀了。请你原谅你信上的很多话都过于轻率了你认为那个男人有足够时间来设计谋杀"从而将自己的杀人行为掩盖起来"，这不是没有道理但是你疏忽了重要的一条，那就是同归于尽的凶杀的原因是因为杀人者彻底绝望。杀人者并非全都是歹徒都是杀人成性的也有被逼上绝路的杀人者。峡谷咖啡馆的杀人者何尝不想保护自己但是他彻底绝望了，他觉得活在世上已经没有什么意思了。在他妻子被别人勾引时他是非常痛苦的，他曾想利用一种和平的方法来解决问题，他肯定时常一人在城市里到处乱走，他的妻子不在家里，正与一个男人幽会，而他则在街上孤零零地走着心里想着和妻子初恋时的情景。他肯定希望过去的美好生活重新开始只要他的妻子能够回心转意或者那个勾引者良心发现。但是他努力的结果却并不是这样，他的妻子已经不可能回心转意而那个勾引者则拒绝停止勾引，妻子已经不可能再回到家中与他团聚生活了，希望已经破灭，这样就将他推到了绝望的处境里去了。他的愤怒就这样产生，他不愿意离婚，因为离婚以后他也不可能幸福。

他今后的生活注定要悲惨所以他就决定与勾引者同归于尽反正他也不想活了。

江飘致陈河的信

你有关那起凶杀的分析初看起来无懈可击，事实上只是你一厢情愿的猜测，我发现你对别人的分析缺乏必要的客观，你似乎喜欢将你对自己的了解套到别人身上去。比如当你知道我有女人时你就断定这个女人是我的未婚妻。你关于未婚妻的说法只是猜测而已，就像你对那起凶杀的猜测一样，而事实则是我有女人，至于这个女人是否会成为我的妻子连我也不知道，你为什么不想想这个女人没准是别人的妻子呢？不要把自己的精力只花在一种可能性上，这样只能使你离事实的真相越来越远。

事实上你对那起凶杀的分析并非无懈可击，我可以十分轻松地做出另一种分析。即使我同意峡谷咖啡馆的凶杀是情杀，也仍然可以推倒你的结论。首先一点，那个杀人者的妻子真的与人私通的话，那么你是否可以断定她只和一个男人私通呢？与许多男人私通的女人我见得多了，在城市的大街上到处都有。这种女人的丈夫最多只能猜测到这一点，而无法得到与妻子私通的全部名单。这样的丈夫一旦如你所说"愤怒"起来，那么他第一个选择要杀的只有他的妻子，而不会是别人，退一步说，即使他的妻子只和一个男人私通，究竟是谁杀害谁是无法说清的，所以他要杀或者应该杀的还是他的妻子。我这样说并不是鼓励那些丈夫都去杀害他们有私通嫌疑的妻子，我不希望把那些可爱的女人搞得胆战心惊，从而使我们男人的生活变得枯燥乏味。

陈河致江飘的信

你每封信都写得那么漂亮那么深刻我渐渐能

够了解到一点你的为人了，我感到你确实是与我不一样的人太不一样了你是那种生活得非常好的人，你什么也不在乎。

　　你虽然做出了让步同意峡谷咖啡馆的凶杀是情杀这使我很高兴你最后的结论还是否定了是情杀，你的结论是杀人者的妻子与人私通，我不喜欢私通这个词。杀人者的妻子被人勾引杀人者应该杀他妻子，可是峡谷咖啡馆的凶杀却是一个男人死去不是女人死去。所以你也就否定了我的推断我觉得自己应该和你辩论下去。

　　你是否考虑到凶手非常爱自己的妻子，如果他不爱自己的妻子他就不会愤怒地去杀人他完全可以离婚。可是他太爱自己的妻子，这种爱使他最终绝望所以他选择的方式是同归于尽因为那种爱使他无法杀害自己的妻子他怎么也下不了手。但他的愤怒又无法让他平静因此他杀死了勾引者这是理所当然的，我上封信已经说过促使他杀人的就是绝望和愤怒而导致这种绝望和愤怒的就是他对自己妻子的爱。这种爱你不会知道的请你原谅我这么说。

1987年11月3日

那个头发微黄的男孩站在一根水泥电线杆下面,朝马路两端张望。她在远处看到了这个情景。他在电话里告诉她,他将在胡同口迎接她。此刻他站在那里显得迫不及待。现在他看到她了。

她走到了他的眼前,他的脸颊十分红润,在阳光里急躁不安地向她微笑。

近旁有一个身穿牛仔服的年轻人正无聊地盯着她,年轻人坐在一家私人旅店的门口,和一张医治痔疮的广告挨得很近。

他转过身走进胡同,她在那里停留了一会儿,看了看一个门牌,然后也走入了胡同。她看着他往前走去时双腿微微有些颤抖,她内心的微笑便由此而生。

他的身影钻入了一幢五层的楼房,她来到楼房口时再度停留了一下,她的身体转了过去,目光迅速伸展,胡同口有人影和车影闪闪发亮。接着她也钻入楼房。

在四层的右侧有一扇房门虚掩着,她推门而入。她一进入屋内便被一双手紧紧抱住。手在她全身各个部位来回捏动。她想起那个眼睛通红的推拿科医生,和那家门前有雕塑的医院。她感到房间里十分明亮。因此她的眼睛去寻找窗户。

她一把推开他:

"怎么没有窗帘?"

他的房间里没有窗帘，他扭过头看看光亮汹涌而入的窗户，接着转过头来说：

"没人会看到。"

他继续去抱她。她将身体闪开。她说：

"不行。"

他没有理会，依然扑上去抱住了她。她身体往下使劲一沉，挣脱了他的双手。

"我说不行就是不行。"

她十分严肃地告诉他。

他急躁不安地说："那怎么办？"

她在一把椅子里坐下来，说："我们聊天吧。"

他继续说："那怎么办？"他对聊天显然没兴趣。他看看窗户，又看看她："没人会看到我们的。"

她摇摇头，依然说："不行。"

"可是……"他看着窗户，"如果把它遮住呢？"他问她。

她微微一笑，还是说："我们聊天吧。"

他摇摇头："不，我要把它遮住。"他站在那里四处张望。他发现床单可以利用，于是他立刻将枕头和被子扔到了沙发里，将床单掀出。

她看着他拖着床单走向窗口，那样子滑稽可笑。他又拖着床单离开窗口。将一把椅子搬了过去。他从椅子爬到窗台上，打开上面的窗户,将床单放上去,紧接着又关上窗户,夹住了床单。

现在房间变得暗淡了,他从窗台上跳下来。"现在行了吧?"他说着要去搂抱她。她伸出双手抵挡。她说:"去洗手。"

他的激情再次受到挫折,但他迅速走入厨房。只是瞬间工夫,他重又出现在她眼前。这一次她让他抱住了。但她看着花里胡哨的被褥仍然有些犹豫不决。她说:

"我不习惯在被褥上。"

"去你的。"他说,他把她从椅子里抱了出来。

1987年11月5日

江飘坐在公园的椅子上,他的前面是一块草地和几棵树木,阳光将他和草地树木连成一片。

"这天要下雪了。"他说。

和他坐在一起的是一位年轻女人,秋天的风将她的头发吹到了江飘的脸上。飞雪来临的时刻尚未成熟。江飘的虚张声势使她愉快地笑起来。

"你是一个奇怪的人。"她说。

江飘转过脸去说:"你的头发使我感到脸上长满青草。"

她微微一笑,将身体稍稍挪开了一些地方。

"别这样。"他说,"没有青草太荒凉了。"他的身体挪了过去。

"有些事情真是出乎意料。"她说,"我怎么会和一个陌生的男人坐在一起?"她装出一副吃惊的模样。

"事实上我早就认识你了。"江飘说。

"我怎么不知道?"她依然故作惊奇。

"而且我都觉得和你生活了很多年。"

"你真会开玩笑。"她说。

"我对你了如指掌。"

她不再说什么,看着远处一条小道上的行人然后叹息了一声:"我怎么会和你坐在一起呢?"

"你没有和我坐在一起,是我和你坐在一起。"

"这种时候别开玩笑。"

"我是在陈述一个事实。"

"我一般不太和你们男人说话。"她转过脸去看着他。

"看得出来。"他说,"你是那种文静内向的女子。"他心想,你们女人都喜欢争辩。

她显得很安静。她说:"这阳光真好。"

他看着她的手,手沉浸在阳光的明亮之中。

"阳光在你手上爬动。"他伸过手去,将食指从她手心里移动过去,"是这样爬动的。"

她没有任何反应,他的手指移出了她的手掌,掉落在她的大腿上。他将手掌铺在她腿上,摸过去:"在这里,阳光是一大片地爬过去。"

她依然没有反应,他缩回了手,将手放到她背脊上,继续抚摸:"阳光在这里是来回移动。"

他看到她神色有些迷惘,轻声问:"你在想什么?"

她扭过头来说:"我在感觉阳光的爬动。"

他控制住油然而生的微笑,伸出去另一只手,将手贴在了她的脸上,手开始轻微地捏起来:"阳光有时会很强烈。"

她纹丝未动。他将手摸到了她的嘴唇,开始轻轻掀动她的嘴唇。

"这是阳光吗?"她问。

"不是。"他将自己的嘴凑过去,"已经不是了。"她的头摆动几下后就接纳了他的嘴唇。

后来,他对她说:"去我家坐坐吧。"

她没有立刻回答。

他继续说:"我有一个很好的家,很安静,除了光亮从窗户里进来——"他捏住了她的手。"不会有别的什么来打扰……"他捏住了她另一只手,"如果拉上窗帘,那就什么也没有了。"

"有音乐吗?"她问。

"当然有。"

他们站了起来,她说:"我非常喜欢音乐。"他们走向公园的出口。

"你丈夫喜欢音乐吗?"

"我没有丈夫。"她说。

"离婚了?"

"不,我还没结婚。"

他点点头,继续往前走去。走到公园门口的大街上时,他站住了脚。他问:"你住在什么地方?"

"西区。"她答。

"那你应该坐57路电车,"他用手往右前方指过去,"到那个邮筒旁去坐车。"

"我知道。"她说,她有些迷惑地望着他。

"那就再见了。"他向她挥挥手,径自走去。

陈河致江飘的信

我一直在期待着你的来信。我怀疑你将信寄到106号去了。106号住着一个孤僻的老头他一定收到你的信了。他这几天见到我时总鬼鬼祟祟的。今天我终于去问他他那儿有没有我的信,他一听这话就立刻转身进屋再也没有出来,他装着没有听到我的话我非常气愤,可一点办法也没有。今天我一天都守候在窗前看他是不是偷偷出来将信扔掉。那老头出来几次有两次还朝我的窗口看上一眼但我没看到他手里拿着信也许他早就扔掉了。

现在峡谷咖啡馆的凶杀对我来说已经非常明朗我曾经试图去想出另外几种杀人可能，然而都没有情杀来得有说服力。另外几种杀人都不至于使杀人者甘愿同归于尽，只有情杀才会那样，别的都不太可能。

我前几次给你去的信好像已经提到杀人者早就知道被杀者勾引了他的妻子，是的，他早就知道了。所以他早就暗暗盯上了被杀者，在大街上在电车里在商店在剧院他始终盯着他，有好几次他亲眼看到妻子与他约会的场景。妻子站在大街上的一棵树旁等着一辆电车来到，也就是等着被杀者来到，他亲眼看着被杀者走下电车走向他妻子。被杀者伸手搂住他的妻子两人一起往前走去。这情景和他与妻子初恋时的情景一模一样他非常痛苦，要命的是这种情景他常常会碰上因此他必定异常愤怒。愤怒使他产生了杀人的欲望他便准备了一把刀。所以当他后来再在暗中盯住勾引他妻子的人时怀里已经有了把刀。

勾引者常常去峡谷咖啡馆这一点他早就知道了。当这一天勾引者走入峡谷咖啡馆时他也尾随而入。他在勾引者对面坐下来，他是第一次和勾引者挨得这么近脸对着脸。他看到勾引者的头发梳理得很漂亮脸上搽着一种很香的东西，他从心里讨厌憎恶这样的男人。他和勾引者说的第一句话是他是谁的丈夫，勾引者听到这句话时显然吃了一惊，因为勾引者事先一点准备也没有。因此他肯定要吃惊一下。但是勾引者是那种非常老练的男人，他并没有惊慌失措他很可能回过头去看看以此来让人感到他以为杀人者是在和别人说话。当他转回头后已经不再吃惊而是很平静地看了杀人者一眼，继续喝自己的咖啡。杀人者又说了一遍他是谁的丈夫。勾引者抬起头来问他你是在和我说话吗勾引者装出一副吃惊的样子这次吃惊和第一次吃惊已经完全不一样了。杀人者此刻显然已经很愤怒了他的手很可能去摸了摸怀里藏着的刀但他还是压住愤怒问他是否认识他的妻子，他说出了妻子的名字。勾引者装着很迷惑的样子摇摇头说他从未听到过这样的名字他显然想抵赖下去。杀人者说出了勾引者的姓名住址和工作单位他告诉勾引者他早就盯上他了继续抵赖下去毫无必要勾引者不再说话他似乎是在考虑对策。这个时候杀人者就要勾引者别再和他妻子来往他告诉了勾引者以前他的生活是多么幸福可自从勾引者出现这一切全完了他甚至哀求勾引者将妻子还给他。勾引者听完他的话以后告诉他他说的有关他妻子的话使他莫名其妙他再次说他从未听说过他妻子的名字更不用说认识了勾引者已经决定抵赖到底了。他听完勾引者的话绝望无比那时候他的愤怒已经无法压制所以他拿出了怀里的刀向勾引者刺去后来的情景我们都看到了。

江飘致陈河的信

来信收到，你的固执使任何人都无可奈何。我不明白你对情杀怎么会如此心醉神迷。尽管你也进行了另外可能性的思考，你的本质却使你从一开始就认定那是情杀，别的所有思考都不过是装腔作势，或者自欺欺人而已。

前面你的信已经分析了杀人者的动机，这封信你连杀人过程也罗列了出来，我读完了你的信，如同读完了一篇小说。应该说我津津有味。可我怎么也说服不了自己：我读的不是小说，是一起凶杀案件档案。因为你的分析里有一个十分大的漏洞，这个漏洞不仅使我，也许还会使别人都感到你的分析实在难以真实可信。

你对峡谷咖啡馆凶杀的分析，虽然连一些细节都没有放过，却放过了一个最大的，那就是凶手选择的是同归于尽的方法。你仔细分析了凶手怎么会随身带刀——这一点很好。你把凶手和被杀者在峡谷咖啡馆的见面安排成第一次，也就是说他们是首次见面并且交谈。这便是缺陷所在。在你的分析里凶手走进峡谷咖啡馆，在被杀者对面坐下来时显然并不想杀害对方，虽然他带着刀。那时候凶手显然想说服对方，他先是要求，后是哀求，希望对方别再和自己的妻子来往，而且还令人感动地说了一通自己和妻子的初恋。在你的分析里，凶手还期望过去的美好生活重新开始。然而由于被杀者缺乏必要的明智——顺便说一句，如果是我的话，会立刻同意凶手的全部要求，并且会说到做到，因为这实在是甩掉一个女人的大好时机。可是被杀者显然有些愚蠢，所以他便被杀了。

我倒不是说凶手那时还不具备杀人的理由，凶手已经被激怒了，所以他杀人是必然的。问题在于你分析中的杀人是即兴爆发的，凶手在走入咖啡馆时还不想杀人——你在分析里已经证实了这一点，所以他的杀人是一时爆发出来的愤怒造成的。然而峡谷咖啡馆的凶杀者却是十分冷静，他杀人之后一点也不惊慌，而去叫警察。可以说那时候我们都还没有反应过来。因此咖啡馆的凶杀很可能是预先就设计好的，当凶手走入咖啡馆时就知道自己要杀人了。相反，假若是即兴地杀人，那么凶手就不会那么冷静，他应该是惊慌失措，起码也得目瞪口呆一阵子，他一下子反应不过来自己干了些什么。而事实却是凶手十分冷静，惊慌失措和目瞪口呆的是我们。

峡谷咖啡馆的事实证明了凶杀是事先准备好的，你的分析却否定了这一点。所以你的分析无法使人相信。

陈河致江飘的信

我仔仔细细读了好几遍你的信写得太好了你真是一个了不起的人你的目光太敏锐了。我完全同意你信中的分析那确实是一个非常大的漏洞大得吓了我一跳。我越来越感到没有你的援助我也许永远也没办法真正分析出咖啡馆的那起凶杀的真相我怎么会把最关键的同归于尽疏忽了真是要命我要惩罚自己。

　　确实如此凶手在走进咖啡馆之前已经和被杀者见过面交谈过了而且不止一次。凶手盯住被杀者已经很长时间了他已经确认被杀者就是勾引他妻子破坏他幸福生活的人所以他不会不找他。他找了被杀者好几次该说的话都说了，可被杀者总是拼命抵赖什么也不承认即便抵赖他还可以容忍问题是被杀者在抵赖的同时继续勾引他的妻子这一切全让他暗暗看在眼里。他后来开始明白一切都无法挽回了妻子不可能再像过去那样爱他了一切都完了。他曾经设计了好几种杀勾引者的方法都可以使自己逃掉不让别人发现但他最后都否定了因为他觉得自己即使逃掉也没有什么意思妻子不可能回心转意他对生活已经彻底绝望所以还不如同归于尽活着没意思还不如死。他选择了峡谷咖啡馆因为他发现勾引者常去那里他就决定在那里动手。他搞到了一把刀放在怀里继续盯着勾引者走入咖啡馆时他也走了进去在对面坐下。被杀者看到他时显然吃了一惊，但被杀者并未想到自己死期临近了凶手显然脸色非常难看但他依然没有放进心里去因为前几次凶手去找他时脸色同样非常难看所以他以为凶手又来恳求了他一点防备也没有他被凶手一刀刺中时可能还不知道发生了什么可能他到死都还没有明白过来究竟发生了什么。

江飘致陈河的信

你这次的分析开始合情合理了，但你还是疏忽了一点，事实上这个疏忽在你上封信里就有了，我当初没有发现，刚才读完你的信时才意识到。我记得峡谷咖啡馆的凶杀是发生在9月初，我记得自己是穿着衬衫坐在那里的，不知道你是穿着什么衣服？那个时候人最多只能穿一件衬衣，所以你分析凶手将刀放在怀里不太可信。将刀放在怀里，一般穿比较厚的衣服才可能，而汗衫和衬衣的话，刀不太好放，一旦放进去特别显眼。我想凶手是将刀放在手提包中的，如果凶手没有带手提包，那么他就是将刀放在裤袋里，有些裤袋是很大的，放一把刀绰绰有余。不知道你是否注意到当初凶手是穿什么裤子？或者是不是带了手提包？

陈河致江飘的信

我非常同意你的信你对那把刀的发现实在太重要了。确实刀应该放在裤袋里我记得凶手没有带手提包他被警察带走时我看了他一眼他两手空空。你两次来信纠正了我分析里的错误使我感到一切都完美起来了。凶手走入峡谷咖啡馆时将刀放在裤袋里而不是怀里这样一来那起凶杀就不会再有什么漏洞了。我现在非常兴奋经过这么多天来的仔细分析总算得出了一个使我满意的结局这是我盼望已久的。但不知为何我现在又有些泄气似乎该干的事都干完了接下去什么事也没有了我不知道以后是否还能遇上这样的凶杀我现在的心情开始有些压抑心情特别无聊觉得一切都在变得没意思起来。

江飘致陈河的信

来信收到,你的情绪突变让我感到十分有意思。你对那起凶杀太乐观了,所以要乐极生悲,你开始感到无聊了。事实上那起凶杀的讨论永远无法结束。除非我们两人中有一人死去。

虽然你现在的分析已经趋向完美，但并不是没有一点漏洞。首先你将那起凶杀定为情杀还缺少必要依据，完全是由于你那种不讲道理的固执，你认为那一定是情杀。你只给了我一个结论，并没有给我证据。如果现在放弃情杀的结论，去寻找另一种杀人动机，那么你又将有事可干了，我现在还坚持以前的观点：男人和女人交往是为了寻求共同的快乐，不是为了找死。鉴于你对情杀有着古怪的如痴如醉，我尊重你所以也同意那是情杀。

就是将那起凶杀定为情杀，也不是已经无法讨论下去了。有一个前提你应该重视，那就是被杀者的妻子究竟只和一个男人私通呢，还是和很多男人同时私通。你认为只和一个男人私通，你的分析说明了这一点。但是你忘了重要的一点。一般女人只和一个男人私通的，都不愿与丈夫继续生活下去。她会从各方面感觉到私通者胜过自己丈夫，所以她必然要提出离婚。而与许多男人私通的女人，只是为了寻求刺激，她们一般不会离婚。你分析中的女人只和一个男人私通，我奇怪她为何不提出离婚。既然她不提出离婚，那么她很可能与别的很多男人也私通。如果和很多男人私通,那么她的丈夫就难找到私通者,他会隐隐约约感到私通者都是些什么人,但他很难确定。他的妻子肯定是变化多端,让他捉摸不透。在这种情况下,他要杀的只能是自己的妻子,而不会是别人。事实上,杀人是一种愚蠢的行为,他最好的报复行为是:他也去私通,并且尽量在数量上超过妻子。这样的话,对人对己都是十分有利的。

1987年11月23日

露天餐厅里有一支轻音乐在游来游去,夜色已经降临,陈河与一位披发女子坐在一起,他们喝着同样的啤酒。

"我有一位朋友。"陈河说,"总是有不少女人去找他。"

女子将手臂支在餐桌上,手掌托住下巴似听非听地望着他。

"是不是有很多男人去找过你?"

"是这样。"女子变换了一个动作。将身体靠到椅背上去。

"你不讨厌他们吗?"

"有些讨厌,有些并不讨厌。"女子回答。

陈河沉吟了片刻,说:"像我这样的人大概不讨厌吧。"

女子笑而不答。

陈河继续说:"我那位朋友有很多女人,我不理解他为什么要这样。"

女子点点头:"我也不理解。"

"男人和女人之间为何非要那样。"

"是的。"女子说,"我和你一样。"

"我希望有一种严肃的关系。"

"你想的和我一样。"女子表示赞同。

陈河不再往下说,他发现说的话与自己此刻的目标南辕北辙。

女子则继续说:"我讨厌男女之间的关系过于随便。"

陈河感到话题有些不妙,他试图纠正过来。他说:"不过男女之间的关系也不要太紧张。"

女子点头同意。

"我不反对男女之间的紧密交往,甚至发生一些什么。"陈河说完小心翼翼地望着她。

她拿起酒杯喝了一口,然后重又放下。她没有任何表示。

后来,他们站了起来,离开露天餐厅,沿着一条树木茂盛的小道走去,他们走到一块草地旁站住了脚。陈河说:"进去坐一会儿吧。"他们走向了草地。

他们在草地上坐下来,他们的身旁是树木,稀疏地环绕着他们。月光照射过来,十分宁静。有行人偶尔走过,脚步声清晰可辨。

"这夜色太好了。"陈河说。

女子无声地笑了笑,将双腿在草地上放平。

"草也不错。"陈河摸着草继续说。

他看到风将女子的头发吹拂起来,他伸手捏住她的一撮头发,小心翼翼地问:

"可以吗?"

女子微微一笑:"可以。"

他便将身体移过去一点,另一只手也去抚弄头发。他将头发放到自己的脸上,闻到一丝淡淡的香味。他抬起头看看她,她正沉思着望着别处。

"你在想什么?"他轻声问。

"我在感觉。"她说。

"说得太好了。"他说着继续将她的头发贴到脸上。他说:"真是太好了,这夜色太好了。"

她突然笑了起来,她说:"我还以为你在说头发太好了。"

他急忙说:"你的头发也非常好。"

"与夜色相比呢?"她问。

"比夜色还好。"他立刻回答。

现在他的手开始去抚摸她的全部头发了,偶尔还碰一下她的脸。他的手开始往下延伸去抚摸她的脖颈。

她又笑了起来,说:"现在下去了。"

他的手掌贴在了她的脖颈处,不停地抚摸。

她继续笑着，她说："待会儿要来到脸上了。"

他的手摸到了她的脸上，从眼睛到了鼻子，又从鼻子到了嘴唇。他说："真是太好了，这夜色实在是好。"

她再次突然笑了起来，她说："我又错了，我以为你在夸奖我的脸。"

他急忙说："你的脸色非常好。"

"算了吧。"她一把推开他。他的手掌继续伸过去，被她的手挡开，她问："你刚才在餐厅里说了些什么？"

他有些不知所措地望着她。

"你说的话和你的行为不一样。"

他想辩解，却又无话可说。

他站了起来，看着她离开草地，站到路旁去拦截出租汽车。她的手在挥动。

陈河致江飘的信

收到你的信已经有好几天了一直没有回信的原因是我一直在思考那起凶杀我开始重新思考了。你认为杀人者的妻子同时与几个男人私通现在我也用私通这个词了我觉得不是不可能。其实你在前几封信中已经提到这个问题了当初我心里也不是完全排斥我只是觉得与一个人私通的可能性更大一点。现在我已经同意你的分析同意杀人者的妻子同时与几个男人私通。你的分析非常可信杀人者的妻子与几个男人私通的话他确实很难确定那些私通者。这么看来杀人者长期盯住的不会是私通者而是他妻子由于他妻子和几个男人私通所以他有时会被搞糊涂因为他妻子一会儿去西区一会儿又去东区他妻子随时改变路线今天在这里过几天却在另一个地方。他长期以来迷惑不解很难确定私通者究竟是谁起初他还以为妻子是在迷惑他后来他才明白她同时与几个男人私通。你分析中说杀人者发现这种事情以后应该杀死自己的妻子或者自己也去私通。但是峡谷咖啡馆的凶杀却是杀死一个男人这个事实很值得思考也就是说你的分析需要重新开始。我的想法是杀人者发现妻子同时与几个男子私通以后他曾经想杀死自己的妻子但他实在下不了手不管怎么说他们之间也有过一段幸福生活那一段生活始终阻止了他向她下手。你提供的另一种办法即他也去私通他也不是没有去试过可是人与人不一样他那方面实在不行。最后他只有一条路可走就是去杀死私通者可私通者有好几个他应该把他们全部杀死然而问题是那些私通者他一个也确定不下来他怎么杀人呢？而且又会在峡谷咖啡馆找到一个私通者从而把他杀死这个问题我想了很久怎么也想不出来。

江飘致陈河的信

你的信提出了一个很关键的问题，也就是那起凶杀最后的问题。凶手怎么会在咖啡馆找到私通者，并且把他杀死。事实上要想解答这个问题也不是十分艰难，我们可以通过各种途径去设想，肯定能够找到答案。

我觉得被杀者很可能常去峡谷咖啡馆，至于杀人者是否常去那就不重要了。我们可以设计杀人者偶尔去了一次咖啡馆，在被杀者对面坐了下来。被杀者是属于那种被女人宠坏了的男人，他爱在任何人面前谈论他的艳事。这种男人我常遇上，这种男人往往只搞过一两个女人，但他会吹嘘自己搞过几十个了。他不管听者是否认识都会滔滔不绝地告诉对方，他的话中有真有假，他在谈起自己的艳事时，会把某一两个女人的特性吐露出来。比如身体某部位有什么标记。当杀人者在被杀者对面坐下来以后，就开始倾听他的吹嘘了。当他说到某个女人时，说到这个女人的一些习性时，杀人者便开始警惕起来，显然那些习性与他妻子十分相像。最后被杀者不小心吐露了那个女人身体某部位某个标记时，杀人者便知道他说的就是自己的妻子，同时他也知道私通者是谁。被杀者显然无法知道即将大祸临头，他越吹越忘乎所以，把他和她床上的事也抖出来。然后他挨了一刀。

我这样分析可能太巧合了，你也许会这样认为。但事实上巧合的事到处都有。巧合的事一旦成为事实，那么谁也不会大惊小怪，都会觉得很正常。

陈河致江飘的信

你的分析非常有道理我同意你对巧合的解释实在是巧合到处都有那是很正常的事。我不知道你为什么在整个分析里把刀给忘掉了那把刀非常重要不能没有。既然杀人者是偶然遇上被杀者然后确定他和自己的妻子私通是偶然遇上并不是早就盯住杀人者不太可能随身带着一把刀。也可以这样解释那时候杀人者裤袋里刚好放了一把刀但这样实在是太巧合了。你的分析我完全同意就是这把刀怎么会突然出来了这一点我还一时想不通。你在分析杀人者偶尔走进咖啡馆时让人感到他并没有带着刀可后来说出来就出来了是否有点太突然。

江飘致陈河的信

来信收到，你的问题来得很及时，要解决刀的问题事实上也很简单，只需做一些补充就行了。

杀人者显然早就知道妻子与许多男人私通，正如你分析的那样，他曾经想杀死妻子，但他怎么也下不了手；他也试图去和别的女人私通，可他在那方面实在不行。而妻子与人私通的事实又使他不堪忍受。按你的话说是：他终于绝望和愤怒了。所以他就准备了一把刀，一旦遇上私通者就把他杀死。结果他在峡谷咖啡馆遇上了。

陈河致江飘的信

你对刀的补充让我信服也就是说他早就准备了一把刀随时都会杀人所以他走进咖啡馆时身上带着刀。我又发现了一个新的问题就是他虽然走进咖啡馆时身上带着刀但他当时并不知道自己要杀人他杀人是突然发生的所以他杀人之后不会非常冷静地去叫警察。同归于尽的杀人一般应该早就准备好了也就是说他早就知道被杀者与自己妻子私通早就知道被杀者常去峡谷咖啡馆我记得你也曾向我提出过这样的问题。另一方面既然他知道自己的妻子同时与几个男人私通他不可能只和一个男人同归于尽他应该试图把所有的私通者都杀死然后和最后一个私通者同归于尽。如果峡谷咖啡馆的被杀者是最后一个私通者的话那么他应该早就有准备而不会是偶然遇上。其实这是不可能的他不可能知道所有的私通者他能确定一个就已经很不错了很可能他一个也确定不了他只能怀疑那么几个人但很难确定在这种情况下他想杀人的话会杀错人。你前信中的分析令人信服的地方就是让他确定了一个私通者通过习性与标记来确定的但没说清楚他为何要同归于尽。

江飘致陈河的信

你提的问题很有意思,正如你信上所说,他不可能知道所有与自己妻子私通的人,这很对。但由于愤怒他想杀人,在这种情况下,他只要杀死一个私通者也能平息愤怒了。所以他早就准备同归于尽，只要能够找到一个私通者他就会毫不犹豫地杀死他。对他来说最重要的是平息愤怒，而不是把所有的私通者都杀死，你杀得完吗？首先他能知道所有的私通者吗？退一步说，由于他长久地寻找，仍然没法确定私通者，一个也没法确定，他就会变得十分急躁。当他在咖啡馆里遇到被杀者时，即便被杀者并未与他妻子私通，他也知道这一点。可是被杀者吹嘘自己如何去勾引别人的妻子时，被杀者的得意洋洋使他的愤怒针对他而来了，在这种情况下，杀人者也会用同归于尽的方法杀死那人，虽然那人并未勾引他的妻子。因为对他来说，最重要的是如何解决自己已经无法忍受的愤怒，这是最为关键的。杀人在这个时候其实只是一种手段而已，在那个时候杀谁都一样。

陈河致江飘的信

我反复读你的信你的信让我明白了很多东西你实在是一个了不起的人太了不起了。我现在非常想见你我们通了那么多的信却一直没有见面我太想见你了。你能否在12月2日下午去峡谷咖啡馆在以前的位置上坐下来我也会去我们就在那地方见面。

江飘致陈河的信

我也十分乐意与你见面,你一定是一个很有趣的人,但12月2日下午我没空,我有一个约会。我们12月3日见面吧。就在峡谷咖啡馆。

1987年12月3日

窗外的天气苍白无力,有树叶飘飘而落。

"这天要下雪了。"

一个身穿灯芯绒夹克的男子坐在斜对面。他说。他的对座精神不振,眼神恍惚地看着一位女侍的腰,那腰在摆动。

"该下雪了。"

老板坐在柜台内侧,与香烟、咖啡、酒坐在一起,他望着窗外的景色,他的眼神无聊地瞟了出去。两位女侍站在他的右侧,目光同时来到这里,挑逗什么呢?这里什么也没有。一位女侍将目光移开,献给斜对面的邻座,她似乎得到了回报,她微微一笑,然后转回身去换了一盒磁带,《你为何不追求我》在"峡谷"里卖弄风骚。

"你好像不太习惯这里的气氛?"

"还好,这是什么曲子?"

邻座的两人在交谈。另一位女侍此刻向这里露出了媚笑,她总是这样也总是一无所获。别再去看她了,去看窗外吧,又有一片树叶飘落下来,有一个人走过去。

"你的信写得真好。"

"很荣幸。"

"你的信让我明白了很多东西。"

"你是不是病了,脸色很糟。"

老板侧过身去,他伸手按了一下录音机的按钮,女人的声音立刻终止。他换了一盒磁带。《吉米,来吧》。

"你干吗这么看着我。"

"峡谷"里出现了一声惨叫,女侍惊慌地捂住了嘴。穿灯芯绒夹克的男人倒在地上,胸口插着一把刀。

那个精神不振的男人从椅子上站起来,他走向老板。

"这儿有电话吗?"

老板呆若木鸡。

男人走出"峡谷",他在门外站着,过了一会儿他喊道:

"警察,你过来。"

一九八九年十月三十日

世事如烟

偶然事件

第一节

一

　　窗外滴着春天最初的眼泪，7卧床不起已经几日了。他是在儿子五岁生日时病倒的，起先还能走着去看中医，此后就只能由妻子搀扶，再此后便终日卧床。眼看着7一天比一天憔悴下去，作为妻子的心中出现了一张像白纸一样的脸，和五根像白色粉笔一样的手指。算命先生的形象坐落在几条贯穿起来后出现的街道的一隅，在那充满阴影的屋子里，算命先生的头发散发着绿色的荧荧之光。在这一刻里，她第一次感到应该将丈夫从那几个精神饱满的中医手中取回，然后去交给苍白的算命先生。她望着窗玻璃上呈爆炸状流动的水珠，水珠的形态令她感到窗玻璃正在四分五裂。这不吉的景物似乎是在暗示着7的命运结局。所以儿子站在窗下的头颅在她眼中恍若一片乌云。

　　在病倒的那天晚上，7清晰地听到了隔壁4的梦语。4是一个十六岁的女孩，她的梦语如一阵阵从江面上吹过的风。随着7病情的日趋严重，4的梦语也日趋强烈起来。因此黑夜降临后4的梦语，使7的内心感到十分温暖。然而六十多岁的3却使7躁动不安。7一病不起以后，无眠之夜来临了。他在聆听4如风吹皱水面般的梦语的同时，无法拒绝3与她孙儿同床共卧的古怪之声。3的孙儿已是一个十九岁的粗壮男子了，可依旧与他祖母同床。他可以想象出祖孙二人在床上的睡态，那便是他和妻子的睡态。这个想象来源于那一系列的古怪之声。

有一只鸟在雨的远处飞来，7听到了鸟的鸣叫。鸟鸣使7感到十分空洞。然后鸟又飞走了。一条湿漉漉的街道出现在7虚幻的目光里，恍若五岁的儿子留在袖管上一道亮晶晶的鼻涕痕迹。一个瞎子坐在一块大石头上，他清秀的脸上有着点点雀斑。他知道很多已经发生和正在发生的事，所以他的沉默是异常丰富的。算命先生的儿子在这条街上走过，他像一根竹竿一样走过了瞎子的身旁。一个灰衣女人的身影局部地出现在某一扇玻璃窗上，司机驾驶着一辆蓝颜色的卡车从那里疾驰而过，溅起的泥浆扑向那扇玻璃窗和里面的灰衣女人。6迈着跳蚤似的脚步出现在一个胡同口，他赶着一群少女就像赶着一群鸭子。2嘴里叼着烟走来，他不小心滑了一下，但是没有摔倒。一个少女死了，她的尸体躺在泥土之上。一个少女疯了，她的身体变得飘忽了。算命先生始终坐在那间昏暗的屋子里，好像所有一切都在他意料之中。一条狭窄的江在烟雾里流淌着刷刷的声音，岸边的一株桃树正在盛开着鲜艳的粉红色。7坐在一条小舟之中，在江面上像一片枯叶似的漂浮，他听到江水里有弦乐之声。

这时候7的妻子听到接生婆和4的父亲的对话，对话中间有着滴滴答答的水声。她转过身来注视着7，发现他的两只眼睛如同灌满泥浆，没有一丝光泽。然而他的两只耳朵却精神抖擞地耸在那里，她看到7的耳朵十分隐蔽地跳动着。

怕是鬼魂附身了。接生婆说。

我也这么担心。4的父亲对女儿的梦语表现得忧心忡忡。

去找找算命先生吧。接生婆建议。

二

司机在这天早晨醒来时十分疲倦，这种疲倦使他感到浑身潮湿。深夜在他枕边产生的那个梦，现在笼罩着他的情绪。他躺在床上听着母亲和4的父亲的对话，他们的声音往来于雨中，所以在司机听来那声音拖着一串串滴滴答答的响声。他们是在谈论着算命先生，已年近九十的算命先生为何长寿。算命先生的五个子女已经死去四个，子女的早殁，做父亲的必会长寿。他们的对话使司机觉得心里有一块泥土。司机眼前仿佛出现了算命先生第五个儿子的形象，那个五十多岁仍然独身的瘦长男子，心事重重地走在街道上，他拖着一条像竹竿一样的影子。母亲走进屋来了，她走到儿子卧室的门口，朝他看了一下。作为接生婆的母亲有时也能释梦。但司机并没有立即将这个梦告诉她。他是在起床以后，而且又吃了早餐，然后才郑重其事地将梦向母亲叙述。

那时候母亲十分安详地坐在远离窗户的一把椅子里，因此她的身上没有那类夸张的光亮。儿子向她走来时，她脸上出现了会意的微笑。

你有什么事要告诉我？她这样说。

我梦见了一个灰衣女人。他开始了他的叙述。我那时正将卡车驰到一条盘山公路上，我看到了那个灰衣女人，她没有躲让，我也没有刹车，然后卡车就从她身上过去了。

接生婆感到这个梦过于复杂，她告诉儿子：

如果你梦见了狗，我会告诉你要失财了；如果你梦见了火，我会告诉你要进财了；如果你梦见了棺材，我会告诉你要升官了。

但是这个梦使接生婆感到为难，因为在这个梦里缺乏她所需要的那种有明确暗示的景与物。尽管她再三希望儿子能够提供这些东西，可是司机告诉她除了他已经说过的，别的什么也没有。所以接生婆只好坦率地承认自己无力破释此梦。但她还是明显地感到了这个梦里有一种先兆。她对儿子说：

去问问算命先生吧。

三

　　司机随母亲走出了家门，两把黑伞在雨中舒展开来。瘦小的母亲走在前面，使儿子心里涌上一股怜悯之意。这时候4出现在门口，她似乎已经知道自己每晚梦语不止，而且还知道这梦语给院中所有人家都笼罩上了什么，所以她脸上的神色与她那黑色长裤一样阴沉，然而她却背着一只鲜艳的红色书包。司机觉得她异常美丽。但是3的孙儿的目光破坏了司机对她的注视，尽管司机知道他的目光并不意味着什么，可是司机无法忍受他的目光对自己的搜查。司机想起了他与他祖母那一层神秘的关系。司机的目光从4脸上匆忙移开以后，又从7的窗户上飘过，他隐约看到7的妻子坐在床沿上的一团黑影。然后司机走到了院外。他听到4在身后的脚步声，在那清脆的声音里，司机感到走在前面的母亲的脚步就显得迟钝了。

　　瞎子坐在那条湿漉漉的街道上，绵绵阴雨使他和那条街道一样湿漉漉。二十多年前，他被遗弃在一个名叫"半路"的地方，二十多年后，他坐在了这里。就在近旁有一所中学，瞎子坐到这里来是因为能够听到那些女中学生动人的声音，她们的声音使他感到心中有一股泉水在流淌。瞎子住在城南的一所养老院里，他和一个傻子一个酒鬼住在一起，酒鬼将年轻时的放荡经历全部告诉了瞎子，他告诉他手触摸女人肌肤的感觉，就像手放在面粉上的感觉一样。后来，瞎子就坐到这里来了。

但起先瞎子并不是每日都来这里,只是有一日听了4的声音以后,他才日日坐到这里。那似乎已是很久以前的事了,那时候有好几个女学生的声音从他身旁经过,他在那里面第一次听到4的声音。4只是十分平常地说了一句很短的话,但是她的声音却像一股风一样吹入了瞎子的内心,那声音像水果一样甘美,向瞎子飘来时仿佛滴下了几颗水珠。4的突出的声音在瞎子的心上留下了一道很难消失的瘢痕。瞎子便日日坐到这里来了,瞎子每次听到4的声音时都将颤抖不已。可是最近一些日子瞎子不再听到4的声音了。司机和接生婆从他身旁经过时,他听到了雨鞋踩进水中水珠四溅的声音,根据雨鞋的声响,他准确地判断出他们走去的方向。可是4紧接着从他身旁走过时,他却并不知道在这个人的嗓子里有着他日夜期待的声音。

司机是第一次来到算命先生的住所,他收起雨伞,像母亲那样搁在地上。然后他们通过长长的走道,走入了算命先生的小屋。首先进入司机视线的是五只凶狠的公鸡,然后司机看到了一个灰衣女人的背影。那女人现在站起来并且转身朝他走来,这使司机不由一怔。灰衣女人迅速从他身旁经过,深夜的那个梦此刻清晰地再现了。他奇怪母亲竟然对刚才这一幕毫不在意。他听到母亲将那个梦告诉了算命先生。算命先生并不立即做出回答,他向接生婆要了司机的生辰八字,经过一番喃喃低语后,算命先生告诉接生婆:

你儿子现在一只脚还在生处,另一只脚踩进死里了。

司机听到母亲问:

怎样才能抽出那只脚?

无法抽回了。算命先生回答。但是可以防止另一只脚也踩进死里。

算命先生说:在路上凡遇上穿灰衣的女人,都要立刻将卡车停下来。

司机看到母亲的右手插入了口袋,然后取出一元钱递了过去,放在算命先生的手里。他看到算命先生的手像肌肉皮肤消失以后剩下的白骨。

四

司机梦境中的灰衣女人,在算命先生住所出现的两日后再次出现。

那时候司机驾驶着蓝颜色的卡车在盘山公路上,是临近黄昏的时候。他通过敞开的车窗玻璃,居高临下地看着这座小城。小城如同一堆破碎的砖瓦堆在那里。

灰衣女人是在这个时候出现的,她沿着公路往下走去,山上的风使她的衣服改变了原有的形状。

因为阴天的缘故,司机没有一下子辨认出她身上衣服的颜色。虽然很远他就发现了她,但是那件衣服仿佛是藏青色的,所以他没有引起警惕。直到卡车接近灰衣女人时，司机才蓦然醒悟，当他踩住刹车时，卡车已经超过了灰衣女人。

然而当司机跳下卡车时，灰衣女人从卡车的右侧飘然出现，司机感到一切都没有发生。同时他一眼认出眼前这个灰衣女人，正是两日前在算命先生处所遇到的。尽管风将她的头发吹得很乱，但却没有吹散她脸上阴沉的神色，她朝司机迎面走来，使司机感到自己似乎正置身于算命先生的小屋之中。

司机伸出双手拦住她，他告诉她，他愿意出二十元钱买下她身上的灰色上衣。

司机的举动使她感到奇怪，所以她怔怔地看了他很久。然而当司机递过二十元钱时，她还是脱下了最多只值五元的灰色上衣。灰衣女人脱下上衣以后，里面一件黑色的毛衣就暴露无遗了。

司机接过衣服时感到衣服十分冰冷，恍若是从死人身上刚刚剥下的。这个感觉使他的某种预兆得以证实。他将衣服铺在卡车右侧的前轮下面，然后上车发动了汽车，他看了一眼此刻站在路旁的女人，她正疑惑地望着他。卡车车轮就从衣服上面碾了过去。女人一闪消失了。但司机又立刻在反光镜中找到了她，她在反光镜中的形象显得很肥胖，她的形象越来越小，最后没有了。然而直到卡车驰入小城时，司机仍然没能在脑中摆脱她——她穿着那件灰色上衣在公路上有点飘动似的走着。但是司机已经心安理得，那件灰色上衣已经替他承受了灾难。

偶然事件

第二节

一

6在那个阴雨之晨，依然像往常那样起床很早，他要去江边钓鱼。还在他第一个女儿出生时，他就有了这个习惯。他妻子为他生下第七个女儿后便魂归西天。他很难忘记妻子在临死前脸上的神色，那神色里有着明显的嫉妒。多年之后，他的七个女儿已经不再成为累赘，已经变为财富。这时候他再回想妻子临死时的神态时，似乎有所领悟了。他以每个三千元的代价将前面六个女儿卖到了天南海北。卖出去的女儿中只有三女儿曾来过一封信，那是一封诉说苦难和怀念以往的信，信的末尾她这样写道：

看来我不会活得太久了。

6十分吃力地读完这封信，然后就十分随便地将信往桌子上一扔。后来这封信就消失了。6也没有去寻找，他在读完信的同时，就将此信彻底遗忘。事实上那封信一直被6的第七个女儿收藏着。

在6起床的时候，他女儿也醒了。这个才十六岁的少女近来噩梦缠身，一个身穿羊皮夹克的男子屡屡在她梦中出现。那个男子总是张牙舞爪地向她走来，当他抓住她的手时，她感到无力反抗。这个身穿羊皮夹克的男子，她在现实里见到过六次，每次他离开时，她便有一个姐姐从此消失。如今他屡屡出现在她的梦中，一种不祥的预兆便笼罩了她。显然她从三姐的信中看到了自己的以后，而且这个以后正一日近似一日地来到她身旁。在那以后的岁月里，她看到自己被那个羊皮夹克拖着行走在一片茫茫之中。

她听到父亲起床时踢倒了一只凳子，然后父亲拖着拖鞋吧嗒吧嗒地走出了卧室，她知道他正走向那扇门，门角落里放着他的鱼竿。他咳嗽着走出了家门，那声音像是一场阵雨。咳嗽声在渐渐远去，然而咳嗽声远去以后并没有在她耳边消失。

6来到户外时，天色依旧漆黑一片，街上只有几只昏暗的路灯，蒙蒙细雨从浅青色的灯光里潇潇飘落，仿佛是很多萤火虫在倾泻下来。他来到江边时，江水在黑色里流动，泛出了点点光亮，蒙蒙细雨使他感到四周都在一片烟雾笼罩下。借着街道那边隐约飘来的亮光，他发现江岸上已经坐着两个垂钓的人。那两人紧挨在一起，看去如同是连接在一起。他心里感到很奇怪，竟然还有人比他更早来这里。然后他就在往常坐的那块石头上坐了下来，这时候他感到身上正在一阵阵发冷，仿佛从那两个人身上正升起一股冰冷的风向他吹来。他将鱼钩甩入江中以后，就侧过脸去打量那两个人。他发现他们总是不一会儿工夫就同时从江水里钓上来两条鱼，而且竟然是无声无息，没有鱼的挣扎声也没有江水的破裂声。接下去他发现他们又总是同时将钓上来的鱼吃下去。他看到他们的手伸出去抓住了鱼，然后放到了嘴边。鱼的鳞片在黑暗里闪烁着微弱的亮光，他看着他们怎样迅速地把那些亮光吃下去。同样也是无声无息。这情形一直持续了很久。后来天色微微亮起来，于是他看清了那两人手中的鱼竿没有鱼钩和鱼浮，也没有线，不过是两根长长的类似竹竿的东西。接着他又看清了那两个人没有腿，所以他们并不是坐在江岸上，而是站在那里。他们的脸上无法看清，他似乎感到他们的脸的正面与反面并无多大区别。这个时候他听到了远处有一只公鸡啼叫的声音，声音来到时，6看到那两人一齐跳入了江中，江水四溅开来，却没有多大声响。此后一切如同以往。

二

灰衣女人这天一早去见算命先生，是因为她女儿婚后五年仍不怀孕。于是她怀疑女儿的生辰八字是否与女婿的有所冲突。这种想法在她心里已经埋藏很久了，直到这一日她才决定去请教算命先生。所以天一亮她就出门了。她在胡同口遇到6，那时6从江边回来。她从6的眼睛里恍恍惚惚地看到了一种粉红色。6从她的身边走过时，她感到自己的衣服微微掀动了一下。她不由回头看了他一眼，6的背影使她心里产生了沉重之感。这种感觉在她行走时似乎加重了。阴沉的雨天使她的呼吸像是屋檐的滴水一样缓慢。不久之后，瞎子出现在她面前，瞎子是坐在算命先生居住处的街口。那时候有一群上学的女孩子从这里经过，她们像一群麻雀一样喳喳叫着，她们的声音在这雨天里显得鲜艳无比。灰衣女人看到瞎子此刻的脸上有一种不可思议的紧张。在她的记忆深处，瞎子已经坐在了这里，但她无法判断瞎子端坐在此已有多少时日，只是依稀感到已经很久远。

在走入算命先生住所时，一个瘦长的男子迎面而来，她不用侧身，此人便顺利地通过了狭窄的门。她一眼认出这个五十来岁的男子正是算命先生最小的儿子。她又回头望去，那男子瘦长的身体在街上行走时似乎更像是一个影子。

然后她才来到了算命先生的小屋，年近九十的算命先生似乎已经知道了她的来意，他那张惨白的脸上露出的笑意使她感到了这一点。这时那五只公鸡突然凶狠地啼叫了起来，公鸡的啼叫声十分尖厉。公鸡和刚才门口所遇的瘦子联系起来以后，使灰衣女人想起了很多有关算命先生的传说。

灰衣女人将自己的来意如实告诉了算命先生，她听到自己的声音在小屋里回响时十分沉闷。

算命先生在掌握灰衣女人的女儿与女婿的生辰八字以后，明确告诉她，他们是天生的一对，在命上不存在任何冲突。

可是已经五年了。灰衣女人提醒他。

算命先生对此表示爱莫能助，但他还是指点了灰衣女人，让她将此事去拜托城外那座寺庙里的送子观音，他说也许观音会托梦给她的，让她得知其中因由。

灰衣女人是在这时起身的，那时司机和他的母亲刚刚来到，她没有注意他们，所以也就无法知道自己已被司机深深地注意上了。

按照算命先生的指点，灰衣女人在离开以后没有回家，直接去了城外那座在山腰上的寺庙。她在那里磕拜了庞大的金光闪闪的送子观音，又烧了几炷香，然后才回到家中。整个一天她都心神不定，总算等到了天黑，于是她上床睡去。翌日凌晨醒来时，果然记忆起一梦，那梦很模糊，仿佛发生在那座寺庙里。送子观音在梦中的模样不是金光闪闪，似乎很灰暗，那座寺庙让她感到很空洞，送子观音那悬挂笑容的嘴没有动，但她听到一个宽阔的声音在飘落下来：能否生育要问街上人。灰衣女人是在这个时候醒来的，她完整地回想出了这个梦，所以她立刻起床，没有梳妆就来到了胡同外的街上。

那时候天还没有明亮，只是东方有一片红色正逗留在某一个山顶上，很像是嘴唇，街上已经有隐隐约约的脚步声了，但她没有看到人。很久以后，三个挑担的男子在模糊中朝她走来，她便迎了上去。因为担子的沉重，还在远处她就听到了扁担嘎吱嘎吱的声响。她走到近前，看到第一个担子是苹果，第二个担子是香蕉，第三个担子却是橘子。她觉得只有橘子才会有籽，因此就走到了第三个男子面前，那是一个三十来岁的壮实汉子，在他宽阔的脸上有汗珠在滚动。然后他们之间发生了一次对话。

灰衣女人问：卖不卖？

男子回答：卖。

是有籽的吧？她问。

无籽。男子说。

这个回答使灰衣女人蓦然一怔，良久之后，她才在心中对自己说，看来是天绝女儿了。于是灰衣女人算是明白了女儿婚后五年不孕的因由所在。

三

灰衣女人在得到无籽蜜橘的暗示以后，经历了两个白天一个夜晚的深深失望。然而当第二个夜晚来临前，她心里又死灰复燃。因此她再次去了城外的那座寺庙。离开寺庙走在下山的公路上时，她遇到了司机。司机的古怪行为使她疑惑不解。尽管如此，她还是脱下外衣给了他。然而在接过那二十元钱时，她手上产生了虚假的感觉。但是通过眼睛的判断，她就对这二十元钱确信无疑了。然后她看着司机弯下腰将她的衣服垫在车轮下，又看着他上车开动汽车。那时司机望了她一眼，司机的目光很刺人。汽车发出一阵沉闷的声响以后就驰走了。卡车没有扬起什么灰尘，驰走时显得很干净。然后她才低下头去看自己的外衣，外衣趴在地上，上面有车轮碾过的痕迹。外衣的模样很可怜，仿佛已经死去。她走上几步捡起了它，仍然是先前的那件外衣。似乎刚才的一切都没有发生，似乎是她刚从床上坐起来，从旁边的凳子上拿过外衣。她就这样又重新穿在了身上，接着往前走。那时卡车已经驰下盘山公路了，就要进入小城。她在山上看着卡车，觉得它很像一只昨天爬在她腿上的褐色小虫。

不久之后她也走入了小城，那时候街上行人寥寥，她的内心也冷冷清清。在走入第一条街道时，她看到那些低矮的房屋上的烟囱大多飘起了缕缕炊烟，她感到自己的身体有点像烟一样缥缈。虽然雨从昨天就停了，可阴沉的天色，让她觉得随时都会有一场雨再次到来。

她在回到家中之前，最后一次看到的人是6的女儿。那时候她已经走入了通往家中的胡同，她是在经过6的窗下时看到的。6的女儿就站在窗前，正望着窗外胡同的墙壁发怔，在墙壁上有几株从砖缝里生长出来的小草在摇晃。灰衣女人透过窗玻璃看到这位少女时,心里不由哆嗦了一下。她无端地感到这个少女的脸上有一种死亡般的气息在蔓延。这个感觉使灰衣女人蓦然惊愕,因为她马上发现这其实是诅咒。对于刚刚求过观音的人来说,诅咒显然很危险,诅咒将意味着她刚才的努力不过是空空一场。这时灰衣女人已经走到自己家门口了,她听到屋内女儿在咬甘蔗,声音很脆也很甜。

四

6那天凌晨的奇怪经历,在此后的两个凌晨里继续出现。但是他并没有当回事,他依旧坐在自己往常坐的地方,与那两个无脚的人只有一箭之隔,他好几次试图和他们说话,可是他们的沉默使他不知所措。他们的动作与他第一次见到时没有两样,而且从那天以后他再也没有能从江水里钓上来一条鱼。在这天凌晨,他试着走过去,可还没有挨近他们,他们便双双跃入江中。正当他十分奇怪地四下张望时,他发现他们坐在另一处了,与他仍然是一箭之隔。于是他就回到原处坐。不一会儿他开始感到十分困乏,慢慢地眼前一片全是江水流动时泛出的点点光亮,接着他就感到身体倾斜了,然后似乎倒了下去。接下去他就一无所知。

也是在这个早晨，天还没有亮的时候，6那躺在床上的女儿听到有人在叫她的名字。声音十分轻微，恍若是从门缝里钻进来的风声。她便从床上爬起来，穿上衣服走到门前，那时候声音没有了。她打开门以后，发现父亲正躺在门外，四周没有人影。从鼾声上，她知道父亲并没有死去，只是睡着了。于是她就把他拉进屋内，还没把他扶上床时，他就醒了。

6醒来时对自己的处境感到十分惊讶，因为他清晰地记起自己是到江边去了，可是居然会在家中。他询问女儿，女儿的回答证实他去了江边。而女儿对刚才所发生的一切的叙述，使他心里觉得蹊跷。所以在天完全明亮以后，他就来到了算命先生的住所。

算命先生还没有完全听完，脸色就发生了急剧的变化。这一点6也感觉到了。当6看到算命先生苍白的脸上出现蓝幽幽的颜色时，他开始预感到了什么。

算命先生再次要6证实那两个人没有腿以后，便用手在那张布满灰尘的桌子上涂出了一个字，随后立刻擦去。

虽然这只是一瞬间，但6清晰地认出了这个字。他不由大惊失色。

算命先生警告他，以后不要在天黑的时候去江边。

6胆战心惊地回到家中以后，发现女儿正站在窗前，他没法看到女儿脸上的神色，他只是看到一个柔弱的背影。但是这个背影没法让他感觉到刚才在这里发生了什么，所以他也就不会知道那个穿羊皮夹克的人来过了。身穿羊皮夹克的人敲门时显然用了好几个手指，敲门声传到6的女儿的耳中时显得很复杂。当6的女儿打开房门时，她看到了自己的灾难。羊皮夹克的目光注视着她时，她感到自己的眼睛就要被他的目光挖去。她告诉他6没在家后就将门向他摔去，门关上时发出一声巨响。但是巨响并没有掩盖掉她心里的恐惧，她知道他不一会儿又将出现。

很久以后，在那个身穿羊皮夹克的人与父亲在一间房内窃窃私语结束后，她听到了灰衣女人的死讯。那时候羊皮夹克已经走了，父亲又回到了那房屋。

灰衣女人在死前没有一点迹象，只是昨天傍晚回到家中时，她似乎很疲倦，晚饭时只喝了一点鱼汤，别的什么也没吃，然后很早就上床睡了。整个夜晚，她的子女并没有听到异常的声响，只是感到她不停地翻身。往常灰衣女人起床很早，这天上午却迟迟不起，到八点钟时，她的女儿走到她床前，发现她嘴巴张着，里面显得很空洞。起先她女儿没在意，可半小时以后第二次去看她时，发现仍是刚才的模样，于是才注意到那张着的嘴里没有一丝气息。灰衣女人的死得到了证实。后来她的子女拿起那件搁在凳子上的灰色上衣时，发现上面有一道粗粗的车轮痕迹。他们便猜测母亲是否被某一辆汽车从身上轧过。如果真是这样，那么灰衣女人事后再安然无恙地回到家中的情形就显得不可思议了。

偶然事件

第三节

一

灰衣女人的突然死去,使她儿子的婚事提前了两个月举办。为了以喜冲丧,她儿子沿用了赶尸做亲的习俗。

灰衣女人的遗体放在她床上,只是房中原有的一些鲜艳的东西都已撤去。床单已经换成一块白布,灰衣女人身穿一套黑色的棉衣棉裤躺在那里,上面覆盖的也是一块白布。死者脚边放了一只没有图案花纹的碗,碗中的煤油通过一根灯芯在燃烧,这是长明灯。说是去阴间的路途黑暗又寒冷,所以死者才穿上棉衣棉裤,才有长明灯照耀。灵堂就设在这里,屋内灵幡飘飘。死者的遗像是用一寸的底片放大的,所以死者的脸如同一堵旧墙一样斑斑驳驳。

灰衣女人以同样的姿态躺了两天两夜以后,便在这一日清晨被她的儿子送去火化场。然后她为数不多的亲属也在这天清晨去了那里。3被请去做哭丧婆。因此在这日上午，3那尖厉的哭声像烟雾一样缭绕了这座小城。

灰衣女人在早晨八点钟的时候，被放进了骨灰盒。然后送葬开始了。送葬的行列在这个没有雨也没有太阳的上午，沿着几条狭窄的街道慢慢行走。

瞎子那个时候已经坐在街上了。4的声音消失了多日以后，这一日翩翩出现了。那时候那所中学发出了好几种整齐的声音，那几种声音此起彼伏，仿佛是排成几队朝瞎子走来。瞎子知道那里面有4的声音，但他却无法从中找到它。不久之后那几种整齐的声音接连垂落下去，响起了几个成年人穿插的说话声。然后瞎子听到了4的声音，4显然正站起来在念一段课文。4的声音像一股风一样吹在了他的脸上，他从那声音里闻到了一股芳草的清香。但是4的声音时隐时现，那几个成年人的说话声干扰了4的声音，使4的声音传到瞎子耳中时经过了一个曲折的历程。然而一个短暂的宁静出现了，在这个宁静里4的声音单独地来到了瞎子的耳中，那声音仿佛水珠一样滴入了他的听觉。4的声音一旦单独出现，使瞎子体会到了其间的忧伤，恍若在一片茫茫荒野之中，4的声音显得孤苦伶仃。此后又出现了几种整齐的声音，4的声音被淹没了，就像是一阵狂风淹没了一个少女坐在荒野孤坟旁的低语。随后3的哭声耀武扬威地来到了，那时他和送葬的行列还相隔着两条街道。3的哭声从无数房屋的间隙穿过，来到瞎子耳中时像是一头发情的猫在叫唤。这哭声越来越接近时,瞎子才从中体会到了无数杂乱的声响,3的哭声似乎包括了所有令人毛骨悚然的声响。那里面有一个孩子从楼上掉下来的惊恐叫声,有很多窗玻璃同时破裂的粉碎声,有深夜狂风突然吹开屋门的巨响,有人临终时喘息般的呻吟。

灰衣女人的骨灰在城内几条主要街道转了一周,使某几个熟悉她的人仿佛看到她最后一次在城内走过。然后送葬的行列回到了她的家门。一入家门,她的女儿与亲属立刻换去丧服,穿上了新衣。丧礼在上午结束,而婚礼还要到傍晚才能开始。

二

司机也去参加了这个婚礼,他在走进这个家时没有嗅到上午遗留下来的丧事气息,新娘的红色长裙已经掩盖了上午的一切。

司机一直看着新娘,因为灯光的缘故,他发现坐在另一端的新娘,一半很鲜艳,一半却很阴沉。因此像是胭脂一样涂在新娘脸上的笑容,一半使他心醉心迷,另一半却使他不寒而栗。因为始终注视着新娘,所以他毫不察觉四周正在发生些什么。四周的声响只是让他偶尔感到自己正置身于拥挤的街道上,他感到自己独自一人,谁也不曾相识。有时他将目光从新娘脸上移开，环顾四周时，各种人的各种表情瞬息万变，但那汇聚起来的声音就让他觉得是来自别处。然而他却真实地发现整个婚礼都掺和着鲜艳和阴沉。而这鲜艳和阴沉正在这屋子里运动。那时候他发现一只酒瓶倒在了桌上，里面流出的紫红色液体在灯光下也是半明半暗。坐在司机身旁的2站了起来，2站起来时一大块阴沉从那液体上消失了，鲜艳瞬间扩张开来，但是靠近司机胸前的那块阴沉依然存在，暗暗地闪烁着。2站起来是去寻找抹布，他找到了一件旧衣服。于是司机看到一件旧衣服盖住了紫红色液体，衣服开始移动，衣服上有2的一只手，2的手也是半明半暗。然后司机看出了那是一件灰色上衣，而且还隐约看到了车轮的痕迹。

司机这天没有出车，但他还是在往常起床的时候醒了。那时他母亲正在洗脸。他觉得水就像是一张没有丝毫皱纹的白纸，母亲正将这张白纸揉成一团。然后他听到了母亲的脚步声在走出去，接着一盆水倒在了院子里。水与泥土碰撞后散成一片，它们向四周流去，使司机想起了公路延伸时的情景。隔壁的3这时也在院中出现，她将一口清水含在嘴里咕噜了很久，随后才刷的一声喷了出去。司机听到母亲在说话了，她的声音在询问3的举动。

洗洗喉咙。3回答。

谁家在服丧了？母亲问。

那时3嘴里又灌满了水，所以她的回答在司机听来像是一阵车轮的转动声。司机没法听清,但他知道是某一个人死了,3将被请去哭丧。3被水洗过的喉咙似乎比刚才通畅多了,于是司机听到母亲对3嗓子的赞叹,3回答说体力不如从前了。

司机在床上躺了很久以后才起床,他走到院里时,看到7正坐在门前的一把竹椅里,7用灰暗的目光望着他,7的呼吸让司机感到仿佛空气已经不多了。7五岁的儿子正蹲在地上玩泥土,他大脑袋上黄黄的头发显得很稀少。这时有人送来了一份请柬,他打开请柬一看,是很多年前相识的某一位姑娘的结婚请柬。这份请柬的出现很突然,使司机勾起了许多混乱的回忆。

三

婚礼的高潮在司机和2之间开始。那时候厨师已经离开厨房很久了,厨师也已经吃饱喝足。几个醉汉摇摇晃晃地走到了楼梯口,还没下楼就趴在楼梯上睡着了。2高声叫着要新娘给他们洗脸,于是所有的人都围了上去。司机并没有意识到什么将会发生,他此刻的眼睛里有一件灰色上衣时隐时现。然而新娘端着一盆水走来时,那件灰色上衣便蓦然消失。这时候他才感到将会发生什么了,而且显然与自己有关,因为此刻坐着的只有他和2。新娘将洗脸盆端到桌子上时,两只红色的袖管美妙地撤退了，他看到两条纤细的手臂，手臂的肤色在灯光下闪烁着细腻滑润的色泽。然后十个细长的手指绞起了毛巾。司机的眼睛里没有毛巾，他只看到十个手指正在完成一系列迷人的舞蹈，水在漂亮地往下滴，水是这个舞蹈的一部分。

先给他擦。司机听到2这样说。他抬起眼睛，看到2正用食指指着他，2的手指在灯光下显得很锐利。

新娘的毛巾迎面而来，抹去了2的手指。在毛巾尚未贴到脸上时，司机先感觉到新娘的一只手轻轻按住了他的后脑，他体会到了五个手指的迷人入侵。接着他整个脸被毛巾遮住，毛巾在他的脸上揉动起来。但是司机并没有感觉到毛巾的揉动，他感到的是很多手指在他脸上进行着温柔的抚摸，这抚摸使他觉得自己正在昏迷过去。可是这一切转瞬即逝，2的形象又出现在他眼中，他看到2正微笑地注视着自己。于是司机从口袋里摸出二十元钱给新娘，新娘接过去放入了口袋。司机没有触到新娘的手指。

然后司机看着新娘给2擦脸，他感到不可思议的是新娘给2擦脸的动作为何也如此温柔。擦完之后，他看到2拿出四十元钱放入新娘手中。接着2说：给他擦。

这句话开始让司机感到面临的现实，因此当他再次看着新娘绞毛巾的手指时，刚才的美景没有重现。新娘的毛巾在他脸上移动时，也没有刚才令他激动的感受。擦完以后，他拿出了四十元。那时候他知道自己口袋里已经一片空空。他想也许2

不会再逼他了，但他实在没有什么把握。

  2这次给了八十元。2没有就此完结。他要新娘再为司机擦脸。司机这时才注意到四周聚满了人，这些人此刻都在为2欢呼。新娘的毛巾又在他脸上移动了，这时他悄悄从手腕上取下了手表。擦完以后，他将手表递给了新娘。他听到一片哄笑声，但是2没有笑，2对他说：算你的表值一百元吧。2说完拿出二百元放在桌上。新娘为他擦完之后，他就拿起二百元放入新娘长裙的口袋里，同时还在新娘屁股上拍了一下。接着2指着司机对新娘说：再擦一次。

  新娘这次的毛巾贴在司机脸上时，使他感到疼痛难忍，仿佛是用很硬的刷子在刷他的脸。而按住他的脑后的五个手指像是生锈的铁钉。但是毛巾和手指消失之后，司机开始痛苦不堪。他清晰地感到了自己狼狈的处境，他听到四周响起一片乱糟糟的声音，那声音真像是一场战争的出现。他看到坐在对面的2脸上倾泻着得意的神采，2的脸一半鲜艳，一半阴沉。2拿出了一沓钱，对司机说：这四百元买你此刻身上的短裤。

  司机听到了一阵狂风在呼啸，他在呼啸声中坐了很久，然后才站起来离开座位朝厨房走去。走入厨房后他十分认真地将门关上，他感到那狂风的声音减轻了很多，因此他十分满意这间厨房。厨房里的炉子还没有完全熄灭，在惨白的煤球丛里还有几丝红色的火光。几只锅子堆在一起显得很疲倦，而一叠碗在水槽里高高隆起。接着他看到一把菜刀，他将菜刀拿在手中，试试刀锋，似乎很锋利。然后他走到窗前，他看到窗外的灯光斑斑驳驳，又看到了一条阴沟一样的街道，街上一个人在走去。随后他往对面一座平房望去，透过一扇窗户看到了一个少女的形象。少女似乎穿着一件黑色上衣，少女正在洗碗，少女在洗碗时微微扭动身体，她的嘴似乎也在扭动。他于是明白了她正在唱歌，虽然他听不到她的歌声，但他觉得她的歌声一定很优美。

四

2在司机走入厨房以后也投入了那一片狂风般的笑声中，笑声持续了很久，然后才像一场雨一样小了下去。2感到应该去厨房看看司机正在干些什么，于是他站起来朝厨房走去。他走去时感到所有人的目光在与他一同前往，他知道他们都想看看此刻司机的模样。他走到门前时，发现从门缝里正在流出来几条暗色的水流，他对这个发现产生了兴趣，所以他蹲下身去，那水流开始泛出一些红色来，他觉得还是没有看清，于是就伸出手指在水流里蘸了一下，再将手指伸回到眼前，这次他确信自己看到了什么。他站起来后感到自己不知所措，然后他转回身准备离开这里，可他发现他们正奇怪地望着他，他犹豫了。此后只好又转回身去，他有点紧张地去推厨房的门，他看到自己的手伸过去时像是风中的一根树枝。他只将门打开一条缝，根本没有看到司机就立刻将门关上。他再次转身去，他想朝他们笑一下，可他的脸仿佛已经僵死过去没法动。他听到有人在问他：在干什么？他不知道自己该如何回答，他感到自己正在走过去。他又听到有人在问：是不是在脱短裤？他不由点点头，于是他听到了一片像是飞机俯冲过来的笑声。他走到自己的椅子旁稍微站了一会儿，随后就朝楼梯走去。他听到有人在问他什么，但他没有听清。他已经走到楼梯口了，几个醉汉此刻横躺在楼梯上打呼噜。他小心翼翼地绕过他们，一步一步走下了楼梯，然后来到了街上。

那时候街上寂静无人，只有路灯灰色的光线在地上漂浮，一股冷风吹来仿佛穿过了他的身体。这时他听到身后有轻微的脚步声，那声音像一颗颗小石子节奏分明地掉入某一口深井，显得阴森空洞，同时中间还有一段"咝"的声响。他知道是司机在追出来了。他不敢回头，只是尽量往亮处走。他感到每当自己走到路灯下时，身后的脚步声便会立刻消失，而一来到阴暗处时，那声音又在身后出现了，所以他一来到路灯下时便稍微站一会儿，那时候他觉得身上的灯光很温暖。随即他又拼命地跑过一段阴暗，到另一盏路灯下。他在跑动时明显地感到身后的声音也加快了。他觉得他们之间始终保持着一段距离，没有拉长也没有缩短。

后来他看到自己的家了，那幢房屋看去如同一个很大的阴影，屋顶在目光里流淌着阴森可怖的光线。他走到近前，一扇门和几扇窗户清晰地出现在眼前，这时身后的声音蓦然消失。他不由微微舒了口气，可这时他眼前出现了一片闪闪烁烁的水，那条通往屋门的路消失了，被一片水代替。他知道司机就在这一片闪烁的水里。他双腿一软，跪在了地上。他听到自己的声音在说：饶了我吧。那声音在空气里颤抖不已。他那么跪了很久，可眼前的一片闪烁并没有消失。于是他再次说：饶了我吧。随即便呜呜地哭了起来。他说：我不是有意要害你。但是那一片闪烁仍然存在。他便向这一片闪烁拼命地磕头，他对司机说：你在阴间有什么事，尽管托梦给我，我会尽力的。他磕了一阵头再抬起眼睛时，看到了那条通往屋门的小路。

偶然事件

第四节

一

在司机死后一个星期，接生婆在一个没有风但是月光灿烂的夜晚，睡在自己那张宽大的红木床上时，见到了自己的儿子。仿佛是天还没有亮的时候，儿子心事重重地站在她的床前，她看到儿子右侧颈部有一道长长的创口，血在创口里流动却并不溢出。儿子告诉她他想娶媳妇了。她问他看准了没有。他摇摇头说没有。她说是不是要我替你看一个。他点点头说正是这样。

接生婆是在这个时候听到外面叫门的声音的，她醒了过来。她听到门外有人在叫着她的名字，屋外的月光通过窗玻璃倾泻进来，她看到窗户上的月光里有一个人的影子在晃动。她觉得那叫门的声音有些古怪，那声音似乎十分遥远，可那个人却分明站在窗前。她从床上爬起来，穿上衣服后走过去打开房门，一个她从未见过的人站在她面前。她感到这个人的脸很模糊，似乎有点看不清眼睛、鼻子和嘴巴。她问他：你是谁？

那人回答：我住在城西，我的邻居要生了，你快去吧。

她家的男人呢？接生婆问。一个女人要生孩子了，却是一个邻居来报信，她感到有些奇怪。

她家没有男人。那人说。

接生婆再次感到眼前这个人的说话声很遥远。但她没怎么在意，她答应一声后回到房内拿了一把剪刀，然后就跟着他走了。

在路上时接生婆又一次感到很奇怪，她感到走在身旁这人的脚步声与众不同，那声音很飘忽。她不由朝他的脚看了一眼，可她没有看到。他好像没有腿，他的身体仿佛是凌空在走着。但是她觉得自己也许是眼花了。

不久之后，很多幢低矮的房屋在眼前出现了，房屋中间种满了松柏。接生婆走到近前时不知为何跌了一跤，但是她没感到自己爬起来，跌下去时仿佛又在走了。她跟着这人在房屋与松柏之间绕来绕去地走了一阵后，来到一幢房门敞开的屋子前，她看到一个女人躺在一张没有颜色的床上。她走进去后发现这个女人全身赤裸，女人的皮肤像是刮去鳞片后的鱼的皮。她感到这个女人与站在旁边的男人有惊人的相似之处。她的脸也很模糊，而且同样也很难看到她的双腿。但是接生婆的手伸过去时仿佛摸到了她的腿。接生婆开始工作了，这是她有生以来最困难的一次接生。但是那个女人竟然一声不吭,她十分平静地躺在那里。接生婆的手在触摸到女人的皮肤时,没有通常那种感觉,而似乎是触摸到了水。那女人在接生婆手上的感觉恍若是一团水。接生婆感到自己的汗水从全身各处溢出时冰冷无比。很久之后,婴儿才被接生出来。奇怪的是整个过程竟然没让接生婆看到一滴血的出现。刚刚出生的婴儿没有啼哭,它像母亲一样平静。婴儿的皮肤也与它母亲一样,像是被刮去鳞片后的鱼的皮。而且接生婆捧在手里时,也仿佛是捧着一团水。她拿着剪刀去剪脐带,似乎什么也没剪到,但她看到脐带被剪断了。这时那个男人端上来一碗面条,上面浮着两个鸡蛋。接生婆确实饿了,她就将面条吃了下去,她感到面条鲜美无比。然后那个男人将她送出屋门,说声要回去照顾就转身进屋了。于是接生婆按照刚才走过的路,又绕来绕去地走了出去。她觉得出去的路比进来时长了很多。在这条路上,她遇到了算命先生的儿子。她看到他那细长的身体像一株树一样站在两幢房屋中间,他好像是在东张西望,接生婆走上去问他这么晚了怎么还在这里,他回答说他是才来这里的。她感到他的声音也有些遥远。她问他在找什么,他说在找他住的那间屋子。然后他像是找到了似的往右边走去了。接生婆也就继续往前走,走到刚才跌跤的地方时,她又跌了一跤,但她同样没感到自己爬起来,她只感到自己在往前走。

二

接生婆回到家中后感到了从未有过的疲倦，所以一躺在床上，她就觉得自己像是死去一般昏睡了过去。待她醒来时已是接近中午的时候了。她听到院里传来说话的声音，她就从床上爬起来，当她向门口走去时，感到自己的两条腿像棉花一样软绵绵。

7那时候坐在自己家门口的一把竹椅里，他的妻子站在一旁。7的妻子正和4的父亲在说着关于4夜晚梦呓的事。7似乎是在听着他们说话，他那张灰暗的脸毫无表情，他的眼睛一直看着他的儿子，他儿子正兴冲冲地在院内走来走去，那大脑袋摇摇晃晃显得有些沉重。接生婆站在了门口。此刻4推开院门进来了，4的出现，使她父亲和7的妻子的对话戛然而止。4走进来时脸色十分阴沉，但她身上的红色书包却格外鲜艳。4低着头从父亲身旁走过，走入了敞开的屋门。3的孙儿这时也从屋内出来了，他似乎是听到了4进来时的声响，他站在院子里小心翼翼地望着4走入的屋门，接生婆问7是不是感到好一点了。她听到自己的声音在空中显得很迟钝。7听到了她的问话，就抬起混浊的眼睛看了她一眼，随即又低下头去。他没有回答她，但他的妻子回答了。他妻子说还是老样子。接生婆便建议7去看看算命先生。她说没准在命上遇到了什么麻烦事。7的妻子早就有此打算，听了接生婆的话后，她不由朝丈夫看了看。

7仿佛没有听到她们的话,他的脑袋耷拉着像是快要断了。倒是4的父亲点了点头,他说是应该去看看算命先生。他想起了自己每夜梦语不止的女儿。接生婆点了点头。她听到有人在问她昨夜谁在叫唤,她才发现3也站在院子里了。3的脸上近来出现了像蜡一样的黄色。她在询问接生婆之后,立刻从嘴里发出了一阵令人恶心的空呕声,随后她眼泪汪汪地直起腰杆来。

接生婆告诉3:是城西一户人家的女人生孩子。

哪户人家?3问。

接生婆微微一怔。她没法做出准确的回答,她只能将昨夜所遇的一男一女,以及那幢房屋告诉3。

3听后半晌没有说话,她想了好一阵才说城西好像没有那么一户人家。她问接生婆:在城西什么地方?

接生婆努力回想起来,依稀记得是走过那破旧的城墙门洞以后,才看到那无数低矮的房屋。

3十分惊愕,她告诉接生婆那里根本没有什么房屋,而是一片空地。

3的话使接生婆猛然惊醒过来,她才意识到自己昨夜去过的是什么地方。她发现7的妻子正吃惊地望着她。7却依旧垂着脑袋,4的父亲刚才进去了。7的妻子的目光使她很不自在。接生婆觉得自己站在这里已经不合适,她想走回屋内,可是昨夜所遇使她无法在屋中安静下来。因此她站了一会儿以后就朝院门外走去了。

接生婆走在街上时，昨夜那个男人与她一起行走的情景复又出现。那模糊的脸和没有双腿的脚步声。于是接生婆已经预料到她一旦走过那破旧的城墙门洞以后，她将会看到什么。

此后的事实果然证实了接生婆的预料。当她走到昨夜看到无数房屋的地方时，她看到了一片坟墓，坟墓中间种满了松柏。接生婆听到自己心里发出了几声像是青蛙叫唤的声响。她呆呆地站了一会儿，然后就像夜里绕来绕去一样，走入坟墓之中。有些坟墓已经杂草丛生，而另一些却十分整齐。后来她在一座新坟前站住了脚，她觉得昨夜就是在这里走入那座房屋的。呈现在她眼前的这座坟墓上没有一棵杂草，土是新加的。坟墓旁有一堆乱麻和几个麻团。坟顶上插着一块木牌，她俯下身去看到了一个她听说过的名字，这是一个女人的名字，接生婆想起了在一个月以前，这个带着身孕的女人死了。

接生婆在走出坟场时，回想出了昨夜与算命先生儿子相遇的情景，她感到心里有一种想见到他的迫切愿望，所以她就向算命先生的家走去。在离算命先生的家越来越近时，昨夜的情景也就越来越生动了。她看到了瞎子。那时候近旁中学的操场上传来一片嘈杂响亮的声音，瞎子正十分仔细地将这一片声音分成几百块，试图从中找出属于4的那一块声音。瞎子脸上的神色让接生婆体会到了某种不安，这不安在她站到算命先生家门口时变成了现实。

算命先生的屋门敞开着，她看到里面蔓延着丧事的气息。

屋门的门框上垂下来两条白布，正随风微微掀动。她知道是算命先生的儿子死了，而不会是算命先生。

听到门口有响声，算命先生拄着一根拐杖出现了。他告诉接生婆这段日子他不接待来客。望着算命先生转身进屋的背影，接生婆发现他苍老到离死不远了。同时她想起了多种有关他的传闻，她想他的五个子女都替他死光了，眼下再没人替他而死，所以要轮到他自己了。算命先生刚才说话时的声音，回想起来也让接生婆感到有些遥远，那沙哑的声音仿佛被撕断了似的一截一截掉落下来。

接生婆回到家中以后，再次回想起自己昨夜的经历时，那一碗面条和面条上的两个鸡蛋出现了。这使她感到恶心难忍，接着就没命地呕吐起来，两侧腰部像是被人用手爪一把把挖去一般的疼痛。吐完以后，她眼泪汪汪地看到地上有一堆乱麻和两个麻团。

三

已年近九十的算命先生，一共曾有五个子女，前四个在前二十年里相继而死，只留下第五个儿子。前四个子女的相继死去，使算命先生从中发现了生存的奥秘，他也找到了自己将会长生下去的因由。那四个子女与算命先生的生辰八字都有相克之处，但最终还是做父亲的命强些，他已将四个子女克去了阴间。因此那四个子女没有福分享受的年岁，都将增到算命先生的寿上。因此尽管年近九十，可算命先生这二十年来从未体察到身体里有苍老的迹象。这一点在算命先生采阴补阳时得到了充分的证实。采阴补阳是他的养生之道，那就是年老的男人能在年幼的女孩的体内吮吸生命之泉。而他屋中的那五只公鸡，则是他防死之法。倘若阴间的小鬼前来索命，五只公鸡凶狠的啼叫会使它们惊慌失措。

每月十五是算命先生的养生之日，这一日他便会走出家门，在某一条胡同里他会看到一个十一二岁的女孩正无所事事地站在那里，他就将她带回家中。对付那些小女孩十分方便，只要给一些好吃的和好玩的。他找的都是一些很瘦的女孩，他不喜欢女孩赤裸以后躺在床上的形象是一堆肥肉。

算命先生的儿子是在这月十五的深夜，这一日即将过去时猝然死去的。但还是傍晚时儿子回到家中，算命先生就从他脸上看到了奇怪的眼神。在此前一小时，一个十一岁的女孩刚刚离去。

那是一个奇瘦无比的女孩，女孩赤裸以后躺在床上时还往嘴里送着奶糖。那两条瘦腿弯曲着，弯曲的形态十分迷人。女孩用眼睛看了看他，因为身体的瘦小，那双眼睛便显得很大。他的手触到她的皮肤时有一种隔世之感。每月十五的这个时候，坐在离此不远的街口的瞎子，便要听到从这里发出的一阵撕裂般的哭叫声，现在这种叫声再次出现了。那声音传到瞎子耳中时，已经变得断断续续十分轻微，尽管这样，瞎子还是分辨出了这不是自己正在寻找的那个声音。

女孩子离去以后，算命先生便坐入一把竹椅之中。他为自己煮了一碗黄酒糖鸡蛋，坐在椅中喝得很慢。他感到自己仿佛是刚从澡堂出来，有些疲倦，但全身此刻都放松了，所以他十分舒畅。他喝着的时候，觉得有一股热流在体内回旋，然后又慢慢溢出体外。

儿子回到家中时，算命先生正闭目养神，他是睁开眼睛后才发现儿子奇怪的眼神的，在前四个子女临终前，他也曾看到过类似的眼神。

儿子吃过晚饭后又出去了，回来时已是深夜。那时算命先生已经躺在床上了。他听着儿子从楼梯走上来的脚步声，脚步很沉重。然后借着月光他看到儿子瘦长的影子在脱衣服，接着那影子孤零零地躺了下去。

第五个儿子的死，使算命先生往日的修养开始面临着崩溃。他感到前四个子女增在他寿上的年岁已经用完，现在他是在用第五个儿子的年岁了，而此后便是寿终的时刻。他觉得第五个儿子只能让他活几年，因为这个儿子也活得够长久了，竟然活到了五十六岁。算命先生明显地感到自己的身体正在枯萎下去。这一日他发现那五只公鸡的啼叫，也不似从前那么凶狠。这个发现使他意识到公鸡也衰老了。

四

　　半个月以后的一个夜晚，开始有些恢复过来的算命先生，听到了敲门的声音。这声音使算命先生一时惊慌失措。随后他听到了有人在叫他的名字，听声音像是一个女人。能从声音里分辨出敲门者的性别，使算命先生略略有些心定。于是他小心翼翼地走到门旁，然后无声地蹲了下去，将右眼睛贴到一条门缝上，通过外面路灯的帮助，他看到了两条粗腿。腿的出现使他确定敲门者是人，而不是他所担心的无腿之鬼。因此他打开了屋门。

　　3出现在他眼前，他认识3。3的深夜来访，使算命先生感到不同寻常。

　　3在一把椅子里坐下以后，朝算命先生颇为羞涩地一笑，然后告诉他她怀孕了。

　　面对这个六十多岁的女人怀孕的事实，算命先生并不表现出吃惊，他只是带着明显的好奇询问播种者是谁。

　　于是3脸上出现了尴尬的红色，3尽管犹豫，可还是如实告诉算命先生，是她孙儿播下的种。

　　算命先生仍然没有吃惊，3却急切地向他表白她实在不愿意干那种事，她说她是没有办法，因为她不忍心看着孙儿失望的模样。

　　3的夜晚来访，是要算命先生算算腹中婴儿是否该生下来。

算命先生告诉她：要生下来。

但是3为婴儿生下以后，是她的儿女还是她的重孙而苦恼。

算命先生说这无关紧要，因为他愿意抚养这个孩子，所以她的担忧也就不存在了。

第五节

一

算命先生儿子的死去,尽管瞎子没法知道,但是连续一月瞎子不再感到这个瘦长的人从他身旁走过。这个人走过时,他会感到一股仿佛是门缝里吹来的风。这人与别的人明显不同,所以瞎子记住了他。这人的消失使瞎子的内心更加感到孤单。

4的声音也已经很久没有出现,尽管附近那所中学依旧时刻发出先前那种声音,那种无数少男少女汇集起来的声音,那种有时十分整齐有时又混乱不堪的声音。但是他始终无法从中找出4的声音。在上学和放学的时候,瞎子听着那些声音三三两两从他身旁经过,他曾在那时候听到过4的笑声,可已是很久以前的事了。4的笑声使瞎子黑暗的视野亮起了一串微微闪烁的光环,他看着那串光环的出现与消失,这些都发生在瞬间。4的声音最初出现时仿佛滴着水珠,而最后出现时却孤苦伶仃,这中间似乎有一段漫长的历程,然而瞎子却感到这些都发生在瞬间。

这时候4正朝瞎子走来,她的父亲走在旁边。瞎子听到了有两个人走来的脚步声,一个粗鲁,一个却十分细腻,但是瞎子并不知道是4在走来。4走到瞎子近旁时,发现瞎子枯萎的眼眶里有潮湿的亮光,这情景使她对即将走到的地方产生了迷惑之感,她与父亲从瞎子身旁走过,不久就走入了算命先生总是敞开的屋门。

然后几辆板车从瞎子面前滚动了过去,一辆汽车驰过时瞎子耳边出现一阵混浊的响声。他听到街上有走动的声音和说话的声音,刚才汽车驰过时扬起的一片灰尘此刻纷纷扬扬地罩住了他。街上说话的是几个男子的声音,那声音使瞎子感到如同手中捏着一块坚硬粗糙的石头。有一个女人正在叫着另一个女人的名字,另一个女人说话时带着笑声,她们的声音都很光滑,让瞎子想到自己捧碗时的感觉。4的声音是在此后再度出现的。

二

4出现在算命先生的眼前时,刚好站在一扇天窗下面,从天窗玻璃上倾泻下来的光线沐浴了她的全身,她用一双很深的眼睛木然地看着算命先生。

听完4的父亲的叙述，算命先生闭上眼睛喃喃低语起来，他的声音在小屋内回旋，犹如风吹在一张挂在墙上的旧纸沙沙作响。4的父亲感到他脸上的神色出现了某种运动。然后算命先生睁开了眼睛，他的眼睛令人感到没有目光。他告诉4的父亲：每夜梦语不止，是因为鬼已入了她的阴穴。

算命先生的话使4的父亲吃了一惊，他望着算命先生莫测深浅的眼睛，问他有何救女儿的法术。

算命先生微微一笑，他的笑容使4的父亲感到是一把刀子割出来似的。他说有是有，但不知是否同意。

4听着他们的对话，4所听到的只是声音，而没有语言，算命先生的形象恍若是一具穿着衣服的白骨，而这间小屋则使她感到潮湿难忍。她看到有五只很大的公鸡在小屋之中显得耀武扬威。

在确认4的父亲没有什么不答应的事以后，算命先生告诉他：从阴穴里把鬼挖出来。

4的父亲惊骇无比，但不久后他就默许了。

4在这突如其来的现实面前感到不知所措。她只能用惊恐的眼睛求助于她的父亲。但是父亲没有看她，父亲的身体移到了她的身后，她听到父亲说了一句什么话，她还未听清那句话，她的身体便被父亲的双手有力地掌握了，这使她感到一切都无力逃脱。

算命先生俯下身撩开了4的衣角,他看到了一根天蓝色的皮带,皮带很窄,皮带使算命先生体内有一股热流在疲倦地涌起来。皮带下面是平坦的腹部。算命先生用手解了4的皮带,他感到自己的手指有些麻木。他的手指然后感受到了4的体温,4的体温像雾一样洋溢开来,使算命先生麻木的手指上出现了潮湿的感觉。算命先生的手剥开几层障碍后,便接触到了4的皮肤,皮肤很烫,但算命先生并没有立刻感觉到。然后他的手往下一扯,4的身体便暴露无遗了。可是展现在算命先生眼中时,是一团抖动不已的棉花。

4的挣扎开始了,但是她的挣扎徒劳无益。她感到了自己身体暴露在两个男人目光中的无比羞耻。

三

那个时候瞎子听到了4的第一次叫声,那叫声似乎是冲破4的胸膛发出来的,里面似乎夹杂着裂开似的声响。叫声尖厉无比,可一来到屋外空气里后就四分五裂。声音四分五裂以后才来到瞎子耳边。因此瞎子听到的不是声音的全部,只是某一碎片。4的声音的突然出现,使瞎子因为过久的期待而开始平静的内心顷刻一片混乱。与此同时,4的叫声再度传来。此时4的叫声已不能分辨出其中的间隔了,已经连成一片。传到瞎子耳中时，仿佛是无数灰尘纷纷扬扬掉入瞎子的耳中。声音持续地出现，并不消去。这使瞎子感到自己走入了4的声音，就像走入自己那间小屋。但是瞎子开始听出这声音的异常之处，这声音不知为何让瞎子感到恐惧。在他黑暗的视野里，仿佛出现了这声音过来时的情景，声音并不是平静而来，也不是兴高采烈而来，声音过来时似乎正在忍受着被抽打的折磨。

瞎子站了起来，他迎着这使他害怕的声音，摸索着走了过去。他似乎感到了这迎面而来的声音如一场阵雨的雨点，扑打在他的脸上，使他的脸隐隐作痛。声音在他走去的时候越来越响亮，于是他慢慢感到这声音不仅只是阵雨的雨点。他感到它似乎十分尖厉，正刺入他的身体。随后他又感到一幢房屋开始倒塌了，无数砖瓦朝他砸来。他听出了中间短促的喘息声，这喘息声夹在其中显得温柔无比，仿佛在抚摸瞎子的耳朵，瞎子不由潸然泪下。

瞎子走到算命先生家门口时，那声音骤然降落下去。不再像刚才那样激烈，降落为一片轻微的呜呜声，这声音持续了很久，仿佛是一阵风在慢慢远去的声音。然后4的声音消失了。瞎子在那里站了很久，接着才听到从前面那扇门里响出来两个人的脚步，一个粗鲁，一个却显得十分沉重。

四

在4回到家中的第二天，7由他妻子搀扶着去了算命先生的家，他们是第一次来到算命先生的小屋，但是他们并不感到陌生。在此之前，一间类似的小屋已经在他们脑中出现过几次了。

7在算命先生对面的椅子坐下后，算命先生那令人感到不安的形象却使7觉得内心十分踏实。灰白的7在苍白的算命先生面前，得到了某种安慰——

7的妻子站在他们之间，她明显地感受到了自己的健康。但是这种感受让她产生了分离之感。

算命先生在得知他们的来意以后，立刻找到了7的病因。他告诉7的妻子：7与他儿子命里相克。

算命先生是在他们的生肖里找到7的病因的，他向她解释：因为7是属羊的，而他儿子属虎。眼下的情景是羊入虎口。

7已经在劫难逃，他的灵魂正走在西去的路途上。

算命先生的话使7和他妻子一时语塞。7不再望着算命先生，他低下了头，他的眼中出现了一块潮湿的泥地，他感到自己的虚弱就在这块泥地的上面。7的妻子这时问算命先生：有何解救的办法？

算命先生告诉她，唯一的解救办法就是除掉她的儿子。

她听后没有说话，算命先生的模样在她的视线里开始模糊起来，最后在她对面的似乎不再是一个人，而是一块石头。她听到丈夫在身旁呼吸的声音，7的呼吸声让她觉得自己的呼吸也曲折起来。

算命先生说所谓除掉并非除命，只要她将五岁的儿子送给他人，从此断了亲属血缘，7的病情就会不治自好。

算命先生的模样此刻开始清晰起来，但她将目光从他身上移开，看着低垂着头的7，然后又抬头看看从天窗上泄漏下来的光线，她的眼睛微微眯了起来。

算命先生表示如果她将儿子交给别人不放心，可交他抚养。

算命先生收养7的儿子，他觉得是一桩两全其美的好事。7可以康复，而他膝下有子便可延年益寿。虽然不是他亲生，但总比膝下无子强些。尽管7的儿子在命里与他也是相克，但算命先生感到自己阳火正旺，不会走上此刻7正走着的那条西去的路。

他指着那五只正在走来走去的公鸡，对7的妻子说：如果不反对，你可从中挑选一只抱回家去，只要公鸡日日啼叫，7的病情就会好转。

五

4在那天回到家中以后,从此闭门不出。多日之后,4的父亲在一个傍晚站在院中时,蓦然感到难言的冷清。司机死后不久,接生婆也在某一日销声匿迹,没再出现。她家屋檐上的灰尘已在长长地挂落下来,望着垂落灰尘的梁条,他内心慢慢滋生了倒塌之感。3的离去也有多日,她临走时只是说一声去外地亲戚家,没有说归期。她的孙儿时时无精打采地坐在自己家门槛上,丧魂落魄地看着4的屋门。7由他妻子搀扶着去过了算命先生的家。他没有向他们打听去算命先生那里的经过,就像他们也不打听4一样。他只是发现在那一日以后,再也不见那脑袋很大的孩子在院里走来走去,取而代之的是一只公鸡,一只老态龙钟在院中走来走去的公鸡。

7的病情似乎有些好转了,7有时会倚在门框上站一会儿,7看着公鸡的眼神有时让4的父亲感到吃惊,7的目光似乎混乱不堪。尽管7原先的病有些好转,可他感到有一种新的病正爬上7的身体,而且这种病他在7妻子身上同样也隐约看到。后来他在自己女儿身上也有类似的发现。女儿此后虽然夜晚不再梦语,但她白天的神态却是恍恍惚惚。她屡屡自言自语,脸上时时出现若即若离的笑容,这种笑不是鲜花盛开般的笑,而是鲜花凋谢似的笑。

院中以往的景象已经一去不返,死一般的寂静在这里偷偷生长。从接生婆屋檐上垂落下来的灰尘,他似乎看到了这院子日后的状况。不知从哪一日开始,他感到这院里隐藏着一股腐烂的气息。几日以后,气息趋向明显。又过几日,他才能确定这气息飘来的方向,接生婆那门窗紧闭的屋子在这个方向正中。

也是这几天里,他听到了一个少女死去的消息。他是在街上听到的,那少女死在江边一株桃树下面。她身上没有伤痕,衣服也是干的。对于她的死,街上议论纷纷。那少女是他女儿的同学,他认识少女的父亲6,6常去江边钓鱼。他记得她曾到他家来过,有一次她进来时显得羞羞答答,她在院子里站了一会儿,就在他现在站着的这个地方。

偶然事件

第六节

一

接生婆在那天呕吐出了一堆乱麻和两个麻团以后，感到自己的身体开始变得飘忽了。她向那张床走去时，竟然感受不到自己的身体，她的身体很像是一件大衣。而且当她在床上躺下来时，觉得自己的身体像件扔到床上的衣服似的瘪了下去。然后她看到了一条江，江水凝固了似的没有翻滚，江面上漂浮着一些人和一些车辆。她还看到了一条街，街道在流动，几条船在街道上行驶，船上扬起的风帆像是破烂的羽毛插在那里。

司机经常在接生婆的梦中出现，但是那天晚上没有来到她的梦里。在夕阳西下炊烟四起时，接生婆的视野里出现了一片永久的黑暗。接生婆的死去，堵塞了司机回家的路。

但是那天晚上，2的梦里走来了司机。那时候2正站在那条小路上，就是曾经被一片闪烁掩盖过的小路。2看到司机心事重重地朝他走来。司机的手正插在口袋里，似乎在寻找什么，或者只是插插而已。

司机走到他面前，愁眉苦脸地告诉他：我想娶个媳妇。

2发现司机右边的脖子上有一道长长的创口，血在里面流动却并不溢出。

2问他：是不是缺钱没法娶？

司机摇摇头，司机的头摇动时，2看到那创口里的血在荡来荡去。

司机告诉他：还没找到合适的人。

2问司机：是不是需要帮助？

司机点点头说：正是这样。

此后每日深夜来临，2便要和司机在这条小路上发生一次类似的对话。司机的屡屡出现，破坏了2原来的生活，使2在白天的时候眼前总有一只虚幻的蜘蛛在爬动。这种情形持续了多日，直到这一日2听说6的女儿死在江边的消息时，他才找到一条逃出司机围困的路。

二

回想起来，6的女儿的死似乎在事前有过一些先兆。那个身穿羊皮夹克的人再次路过这里以后，6开始发现女儿终日坐在墙角了，女儿坐在那里恍若是一团暗影。但是6却没有把这些放进心里，因为6一直没看出她身上正在暗暗滋长的那些东西，这些东西在她前面六个姐姐身上显然没有。事到如今，6才感到他和那个身穿羊皮夹克的人的谈话，女儿可能偷听了。他想起那天送羊皮夹克出门时，他看到女儿怔怔地站在房门外。

本来当初羊皮夹克就要带走他女儿，只是因为他节外生枝才没有。他告诉羊皮夹克他的这个女儿远远胜过前面六个，所以他对按照惯例支付的三千元钱很难接受，他提出增加一千。羊皮夹克的坚持没有进行很久，在短暂的讨价还价之后，他便做出了让步。但他提出先把女孩带走，先付上三千，另一千随后通过邮局寄来。6当然拒绝了，除非现交四千元，他才答应将他的女儿带走。羊皮夹克说身上的钱不够了，虽然四千还是可以拿出来，但在路途上还要花一笔钱，所以只好一个月以后再来。

在约定的日子临近时，6的女儿躺到了江边的一株桃树下面。那时候6正坐在城南的一座茶馆里，自从那次在江边的奇异经历以后，6不去江边钓鱼，而是每日坐到茶馆里来了。有关他女儿的消息，是他的一个邻居告诉他的。那个邻居去江边看死人后，在回家的路上从茶馆敞开的门里看到了6，他告诉6他正到处找他。这个消息使6顿时眼前一片昏暗，然后羊皮夹克的形象在他脑中支离破碎地出现了。邻座的茶客对6听到如此重大的消息以后仍然坐着不动感到惊讶,他们催促他赶快去江边。但是6没有听到他们在说话,他的眼睛望着门外的一根水泥电线杆,他看到那电线杆上贴着一张纸条,那是一张关于治疗阳痿的广告。6没法看清上面的字,但是羊皮夹克的形象此刻总算拼凑完整了,尽管那形象有无数杂乱的裂缝。可6明确地想起了这人再过两天就要来到,6仿佛看到他右面的衣服口袋显得肿胀的情景。这时他才深深意识到当初不让羊皮夹克带走女儿是一个很大的错误。他对自己说:这是报应。

尽管那条江已使6感到毛骨悚然,但既然女儿躺在那里,他也只得去了。他在走去的时候,仿佛感到女儿死在江边是有所目的的。这个想法在他接近江边时变得真切起来。当他在远处看到一堆人围在一株桃树四周的时候,他已经猜测到了女儿躺在那里的模样。

不久之后他已经挤入了人堆,那时候一个法医正在验尸。他看到女儿仰躺在地上,她的脸一半被头发遮住了。她的外衣纽扣已经被解开,里面鲜红的毛衣显得很挑逗。他才发现女儿的腰竟然那么纤细,如果用双手卡住她的腰,就如同卡住一个人的脖子。然后他注意到了女儿的脚,那是一双孩子的脚,赤裸的脚趾微微向上跷着。

这时候一个警察拍了拍他的肩,他转过头去看到了一张满是胡子的脸。

警察问他:她是不是你的女儿?

他疲倦地点点头。

警察告诉他：你女儿死因要过些日子才能明确答复你。

他对这句话不感兴趣，他觉得他不需要他们的答复，他觉得自己应该离开一会儿，这地方使他站着有点不知所措。于是他转身往外挤。那时候警察又拍了他一下，这次警察对他说：待会儿有几个问题要问你。

6挤出去以后，立刻感到身后有几个人的脚步声。但他没在意，他走到堆满木材的地方时，身后有一个人来到了他的面前，那人用眼睛暗示了一下他女儿躺着的地方，然后低声说：我买了。

6微微一怔，但他随后就明白了那意思。他以同样低的声音问：出多少？

那人将右手的五个手指全部伸开。

五千？6问。

但是6明白这人只是出五百，他摇摇头，表示不卖。那人还想讨价还价，可第二人已经赶上来了。第二个人伸出一个手指偷偷放入6的右手手掌。6知道这个愿意出一千，但他还是摇摇头。

第三个人走到他面前时，他将两个手指主动插入那人的手掌，告诉他要出两千才卖。那人迟疑了一会儿，伸出手指暗示愿出一千五百，可6立刻就摆摆手，转过身去了。

2是在这个时候赶来的，当6伸出两个手指时，他丝毫没有犹豫，他一把捏住6的两个手指，然后抖动了几下。

于是6心安理得地在那堆木材上坐了下来，2朝着那一堆围着的人看了看，也在木材上坐下。他们现在都在等着这一堆人散去。

三

接生婆的死被发现，还是在2为6的女儿送葬以后。6的女儿死去的消息在城内纷纷扬扬，对她死因的猜测一日生出一种。但是为她送葬的事却几乎无人知道。为她送葬的只有2一个人。当2将她的骨灰盒捧到家中以后，他接下去要做的便是去司机的家，他需要得到司机的骨灰。然后2发现司机的母亲已经死去了。

其实那院子里的其他几个人早就有此疑心，因为那股腐烂的气息越来越浓烈，那气息由风伴随着在他们房中进进出出，而且从多日前看着接生婆走入家中以后，他们再没见到她出来，但是他们中间谁也没把这话说出口。虽然他们在腐烂的气息里生活得十分恶心。

2在走入这个院子时，这股气息使他惊诧不已。当他走到司机家门前时，他感到另外三个门口都站了人，他们都看着他。2那时候已经发现这股令人痛苦的气息就来自眼前这个房间。他敲了敲门,里面也响起了敲门的声音,但是除此之外什么动静也没有。于是他就推了一下,门发出了一声使他战栗的吱呀声,门没有上锁。从那裂开的一条门缝里,一股凶狠的腐烂气息朝他扑打过来,使他一阵头晕。但他还是继续将门推开,并且走了进去。里面一片昏暗,满屋子翻滚的腐烂味使他眼泪直流。他走进去以后看到了躺在床上的接生婆。接生婆脸上的五官已经模糊不清。那脸上有水样的东西在流淌,所以她的脸显得亮晶晶的。2看了一眼后立刻将目光移开。接着他走入了另一间屋子,他在这间屋子里找到了司机的骨灰盒。骨灰盒放在一张桌子上,那是一张用来打牌打麻将的桌子。2捧着司机的骨灰盒出来以后,通过泪汪汪的眼睛,他看到那几个站在自己房门口的人都是水淋淋的,他告诉他们:已经烂掉了。

2回到家中以后,将司机的骨灰盒和6的女儿的骨灰盒并排放在一起。然后请来四位纸匠,用白纸做了一套组合式家具,以及冰箱彩电之类的家用电器。四位纸匠昼夜而作,三日后便全部完成。接着2请了一位唢呐吹手和几个拉板车的,把纸匠们的作品放在板车上,第一辆板车上还放着司机与6的女儿的骨灰盒。唢呐吹手和2走在最前列,在尖厉的喜调声里,司机和6的女儿的婚礼在街上开始了。

他们走在城内几条主要街道上,街上的风将那套组合式家具吹得歪歪斜斜,如同一个孩子手下的画。这情景吸引了街上所有的人,他们像几片水一样围了上去。2心想总算对得起司机了。他回答了他们的询问,高声告诉他们是谁与谁的喜事。他看到街两旁几乎所有的窗口都有脑袋挂在那里,有一家窗口挂着好几个脑袋。他们也经过了瞎子端坐的那条街。从尖厉的唢呐声里,瞎子知道正在走来一个婚礼。

婚礼的行走经过了那破旧的城墙门洞以后,来到了城西坟场上。一个新坟已经掘好。2将司机与6的女儿的骨灰盒放入坟中。然后盖土,土盖下去时有几块石子击在骨灰盒上,发出几声清脆的响声,那响声透出了隐藏的喜悦。接着纸匠们的作品被堆在坟墓四周,2点燃了火。一群火像是一群马一样奔腾而起,一片黑烟在红色的火中缭绕不绝。顷刻之后,火势便跌落下来,于是失去了保护的黑烟也立刻四散而去。那烧透以后变得漆黑的纸灰将坟墓完整地盖住。可是一阵风将纸吹得七零八落,冉冉飘起以后便晃晃悠悠如烟般消散了。

此后,司机不再来到2的梦里。

四

在司机与6的女儿的婚礼行走过去以后,4出现在大街上。她的嘴里哼着一支缓慢的曲子,在街道的右侧迟缓走来。在这个没有雨也没有阳光的上午,4的形象显得很灰暗。她那张若有所思的脸,仿佛在暗示对往事的回首。4走在灰白的水泥路上，很像是一种过去在走来。

　　4在走来的时候，她的右手正在解开上衣的纽扣，她的动作小心翼翼，显得十分优美。纽扣解开以后，她的身体出现了一根树枝似的倾斜，她开始从身上一点一点推开了那件上衣，然后右手抓住衣角，衣服便垂落在地了。她那么走了一会儿才松开右手，衣服就在街道上迅速地躺了下去，无声无息。接着她剥开藏青的毛衣，她依旧显得很美。藏青的毛衣掉落在地以后的模样，很像是一个人正在平静地死去。随后她开始解白色衬衣的纽扣，纽扣解开以后恰好一股微风吹来，使她的衬衣出现了调皮的飘动。衬衣掉下去时显得缓慢多了，似乎是一张白纸在掉落下去。

　　4走到一棵梧桐树旁，她伸出手抚摸了梧桐树野蛮的树干。然后她将身体靠了上去，她继续哼着那支曲子。她似乎看到前面有很多人都站着没有动，于是她模糊地记忆起很久以前甩了甩钢笔，墨水留在地上的斑点。

　　4在那个时候解开了皮带，那条黑色长裤便沿着她白晃晃的大腿滑落下去，滑下去时似乎产生了一丝痒的感觉，她不禁微微一笑。她那条粉红色的短裤也随即滑落下去。然后她小心翼翼地从裤子的包围中伸出了右脚，脚上没有袜子，接着她同样小心地伸出了左脚，左脚也没穿袜子。她赤裸的脚踩在了粗糙的水泥地上，她继续往前走去。

　　4赤裸的身体在这个阴沉的上午白得好像在生病。一股微风吹到她稚嫩的皮肤上,仿佛要吹皱她的皮肤了。她一直哼着那支曲子,她的声音很微小,她的声音很像她瘦弱的裸体。她走到了瞎子的身旁,她略略站了一会儿,然后朝瞎子微微一笑后就走开了。

瞎子在此之前就已经听到4的歌声了,只是那时候瞎子还不敢确定,那时候4的歌声让他感到是虚幻中的声音,他怀疑这声音是否已经真实地出现了。但是不久之后,4的声音像是一股清澈的水一样流来了。这水流到他身旁以后并没有立刻远去,似乎绕着他的身体流了一周,然后才流向别处。于是瞎子站了起来,他跟在4的声音后面走向一个他从未去过的地方。

4一直走到江边,此后她才站住脚,望着眼前这条迷茫流动的江,她听到从江水里正飘上来一种悠扬的弦乐之声。于是她就朝江里走去。冰冷的江水从她的脚踝慢慢升起,一直掩盖到她的脖子,使她感到正在穿上一件新衣服。随后江水将她的头颅也掩盖了。

瞎子听到几颗水珠跳动的声音以后,他不再听到4的歌声了。于是他蹲了下去,手摸到了温暖潮湿的泥土,他在江边坐了下来。瞎子在江边坐了三日。这三日里他时时听到从江水里传来4流动般的歌声,在第四日上午,瞎子站了起来,朝4的声音走去。他的脚最初伸入江水时,一股冰冷立刻袭上心头。他感到那是4的歌声,4的歌声在江水慢慢淹没瞎子的时候显得越来越真切。当瞎子被彻底淹没时,他再次听到了几颗水珠的跳动,那似乎是4微笑时发出的声音。

瞎子消失在江水之中,江水依旧在迷茫地流动,有几片树叶从瞎子淹没的地方漂了过去,此后江面上出现了几条船。

三日以后,在一个没有雨没有阳光的上午,4与瞎子的尸首双双浮出了江面。那时候岸边的一株桃树正在盛开着鲜艳的粉红色。

一九八八年五月五日

难逃劫数

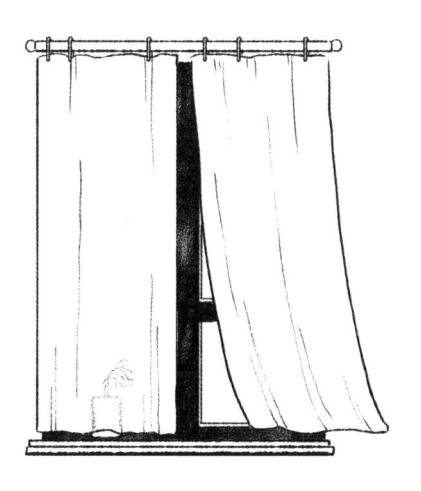

偶然事件

一

东山在那个绵绵阴雨之晨走入这条小巷时，他不知道已经走入了那个老中医的视线。因此在此后的一段日子里，他也就无法看到命运所暗示的不幸。

那个时候，他的目光正漫不经心地在街两旁陈列的马桶上飘过去，两旁屋檐上的雨水滴下来，出现了无数微小的爆炸。尽管雨水已经穿越了衣服开始入侵他的皮肤，可四周滴滴答答的声音，始终使他恍若置身于一家钟表店的柜台前。他显然没有意识到自己正行走在一条小巷之中。由于对待自己偷工减料，东山在这天早晨出门的那一刻，他就不对自己负责了。

后来，就像是事先安排好似的，在一个像口腔一样敞开的窗口，东山看到了一条肥大的内裤。内裤由一根纤细的竹竿挑出，在风雨里飘扬着百年风骚。展现在东山视野中的这条内裤，有着龙飞凤舞的线条和深入浅出的红色。于是在那一刻里，东山横扫了以往依附在他身上的萎靡不振，他的脸上出现了从未有过的汹涌激情。就这样，东山走上了命运为他指定的灾难之路。

直到很久以后，沙子依然能够清晰地回忆起那天上午东山敲开他房门时的情景。东山当初的形象使躺在被窝里的沙子大吃一惊。那是因为沙子透过东山红彤彤的神采看到了一种灰暗的灾难。他隐约看到东山的形象被摧毁后的凄惨。但是沙子当初没有告诉他这些，沙子没有告诉东山可以用忘记来解释。

听完了东山的叙述，一个肥大的女人形象在沙子眼前摇晃了一下。沙子准确地说出了这个女人的名字：

"露珠。"

沙子又说：

"她的名字倒是小巧玲珑。"

然后沙子向东山献上了并不下流的微微一笑，但是东山不可能体会到这笑中所隐藏的嘲弄。

东山走后，沙子精确地想象出了东山在看到那条肥大内裤以后的情景——

东山热血沸腾地扑到了窗口上，一个丑陋无比并且异常肥大的女人进入了他的眼睛，经过一段热泪盈眶的窒息，东山用那种森林大火似的激情对她说：

"我爱你！"

沙子也想象出了露珠在那一刻里的神态。他知道这个肥大的女人一定是像一只跳蚤一样惊慌失措了。

二

呈现在老中医眼中的这条小巷永远是一条灰色的裤带形状，两旁的房屋如同衣裤的皱纹，死去一般固定在那里。东山就是在这上面出现的。那个时候，露珠以一只邮筒的姿态端坐在窗口，而她的父亲，这个脸上长满霉点的老中医却站在她的头顶。他们之间只有一板之隔。老中医此刻的动作是撩开拉拢的窗帘一角，窥视着这条小巷。这动作二十年前他就掌握了，二十年的操练已经具有了炉火纯青的结果，那就是这窗帘的一角已经微微翘起。二十年来，在他所能看到的对面的窗户和斜对面的窗户上，窗帘的图案和色彩经历了不停的更换。从那些窗口上时隐时现的脸色里，他看到了包罗万象的内容。在这条小巷里所出现的所有人的行为和声音，他都替他们保存起来了。那都是一些交头接耳、头破血流之类的东西。自然也有那种亲热的表达，然而这些亲热在他看来十分虚伪。二十年来他一直沉浸在别人暴露而自己隐蔽的无比喜悦里，这种喜悦把他送入了长长的失眠。

东山最初出现在老中医视线中时，不过是一个索然无味的长方形。他在雨的空荡里走来。然而当东山突然站住时,老中医才预感到将会发生些什么了。在此后一段日子,老中医因为未能更早地预感,他无情地遣责了自己的迟钝。那时候在东山微微仰起的脸上,他开始看到一股激情在汹涌奔泻,于是他感到自己的预感得到了证实。不久之后东山的身影一闪消失了,他知道东山已经扑到了露珠的窗口,接着他便听到一声如同早晨雄鸡啼叫一般的声音。

面对东山的出现,露珠以无可非议的惊慌开始了她的浑身颤抖。这种出现显然是她无时无刻不在期待之中的,然而使她措手不及的是东山的形象过于完美。她便由此而颤抖起来。因为身体的颤抖,她的目光就混乱不堪,所以东山的脸也就杂乱无章地扭动起来。露珠隐约看到了东山的嘴唇如同一只启动了的马达,扭曲畸形的声音就从那里发出。她知道这声音里所包含的全部意义,尽管她一点也无法听清。

这个时候,她听到了几只麻雀撞在窗玻璃上的声音,这种声音来到时将东山的滔滔不绝彻底粉碎。她知道那是父亲的声音,父亲正在窃窃而笑。他的笑声令她感到如同一个肺病患者的咳嗽。她知道他已经离开了窗口。确实如此,老中医此刻正趴在地板上,那里有一个小孔,他用一只眼睛窥视露珠已经很久了。

在此后的时间里,东山像一只麻雀一样不停地来到露珠的窗口,喳喳叫个不止。然而在这坚强的喳喳声里,露珠始终以忧心忡忡的眼色凄凉地望着东山。东山俊美的形象使她忧心忡忡。在东山最初出现的脸上，她以全部的智慧看到了朝三暮四。而在东山追求的间隙里，她的目光则透过窗外的绵绵阴雨，开始看到她与东山的婚礼。与此同时她也看到了自己被抛弃后的情景，她的目光长久地停留在这情景上面。

每逢这时，她都将听到父亲那种咳嗽般的笑声。父亲的笑声表明他已经看出了露珠心中的不安。于是在第二天的夜晚来到以后，他悄然地走到了露珠的身后，递过去一小瓶液体。

正在沉思默想的露珠在接过那个小瓶时，并没有忘记问一声：

"这是什么？"

"你的嫁妆。"

老中医回答，然后他又咳嗽般地咯咯笑了起来。在父亲尖厉的笑声里，露珠显然得到了一点启示。但她此刻需要更为肯定的回答。于是她又问：

"这是什么？"

"硝酸。"

父亲的这次回答使她领悟了这小瓶里所装的深刻含义，她将小瓶拿在手中看了很久，但她没看到那倾斜的液体是什么颜色。她所看到的是东山的形象支离破碎后，在液体里一块一块地浮出，那情形惨不忍睹，然而正是这情形，使盘旋在露珠头顶的不安开始烟消云散。露珠开始意识到手中的小瓶正是自己今后幸福的保障。可是她在瓶中只看到了东山的不幸,却无法看到自己的灾难。

于是露珠对东山爱情的抵制持续了两天以后,在这一刻里夭折了。事实上露珠在最初见到东山时,她在内心已经扮演了追求者的角色,所谓抵制不过是一本书的封面。

当翌日清晨东山再次以不屈的形象出现在露珠窗口时,呈现在他眼前的露珠无疑使他大吃一惊。

正如后来他对沙子所说的:

"她简直像是要从窗里扑过来似的。"

在那十分迅速的惊愕过去以后,东山马上明白他们的位置已经做了调整。眼下是他被露珠狂热的追求压倒了。他立刻知道结婚已经是一件迫在眉睫的事情。那时候两天前开始的这场雨还在绵绵不绝地下着,因为是在雨中认识,在雨停之前相爱,所以东山感到他们的爱情有点潮湿。但是由于东山的眼睛被一层网状的雾障所挡住,他也就没法看到他们的爱情上已经爬满了蜒蚰。

三

所有的朋友都来了,他们像一堆垃圾一样聚集在东山的婚礼上。那时候森林以沉默的姿态坐在那里,不久以后他坐在拘留所冰凉的水泥地上时，也是这个姿态。他妻子就坐在他的对面，他身旁的一个男人正用目光剥去他妻子的上衣。他妻子的眼睛像是月光下的树影一样阴沉。很久以后，森林再度回想起这双眼睛时，他妻子在东山婚礼最后时刻的突然爆发也就在预料之中了。

　　森林的沉默使他得以用眼睛将东山婚礼的全部过程予以概括。在那个晚上没人能像森林一样看到所有的情景。森林以一个旁观者锐利的目光成功地做到了这一点。不仅如此，他还完成了几个准确的预料。所以当广佛一走进门来时，森林就知道他将和东山的表妹彩蝶合作干些什么了。那个时候他们为他提供的材料仅仅只是四目相视而已，但这已经足够了。因为森林在他们两人目光的交接处看到了危险的火花。后来的事实证明了森林是正确的。那时候东山的婚礼已经进入了高潮。森林的眼睛注视着一伙正在窃窃私语的人的影子，这些人的影子贴在斑驳的墙上。他们的嘴像是水中的鱼嘴一样吧嗒着。墙上的影子如同一片乌云，而那一片嗡嗡声则让他感到正被一群苍蝇围困。彩蝶的低声呻吟就是穿破这片嗡嗡声来到森林耳中的，她的呻吟如同猫叫。于是头靠在桌面上浑身颤抖不已的彩蝶进入了他的眼睛。而坐在她身旁的广佛却是大汗淋漓，他的双手入侵了彩蝶，仿佛是揉制咸菜一样揉着彩蝶。一个男孩正在他们身后踮脚看着他们。森林在这个男孩脸上看到了死亡的美丽红晕。

尽管后来事过境迁,然而森林还是清晰地回想出露珠当初像涂满猪血一样红得发黑的脸色和坐在她身旁的东山躁动不安的神态。他甚至还记起曾有一串灰尘从屋顶掉落下来,灰尘掉入了东山的酒杯。

他始终听到东山像一个肺气肿患者那样结结巴巴的呼吸声,他觉得自己听到的是一种强烈的欲望在呼吸。因此当东山莫名其妙地猛地站起,又莫名其妙地猛地坐下时,他感到东山已经无法忍受欲望的煎熬了。他看到东山坐下以后用肩膀急躁地撞了撞他的新娘。当新娘转过头去看他时,他向她使出了诡计多端的眼色。而她显然无法领会,因为她的头又转了回去。可是她随即就大叫一声,这一声使那些窃窃私语者惊慌失措。显然东山在她身上最肥沃处拧了一把,她于是又将眼睛交给了东山,东山这一次使出来的眼色已经肆无忌惮了。森林感到东山的眼色与对面那扇门有关,那扇门半掩着,他看到一张床的一只角。

沙子是在这个时候进来的,他进来以后并没有利用一把空着的椅子,他背靠着门站在了那里。于是森林仿佛看到在一条空荡的街道拐弯处,在一只路灯空虚的光线里,站着一个瘦长的人影。他发现沙子的目光始终逗留在某一个梳着辫子的姑娘头上。那个时候他从沙子神秘的微笑上似乎领悟到了什么。他的这种先兆在不久之后得到了证实。因此在几天以后,森林带着广佛的骨灰敲开沙子的屋门后,他向沙子揭穿了这个阴谋。尽管沙子在那一刻里装着若无其事,但他还是一眼看出了沙子心中的不安。

在沙子进来之前,森林发现妻子的眼睛已经不仅仅是阴沉了,里面开始动荡起愤怒的痛苦。可是森林那能够看出沙子诡计的锐利目光一旦投射到妻子身上时,却变得格外迟钝。即便是在那个时候,他仍然没有准备到妻子的突然爆发。

那时候东山依然在使着眼色,可他的新娘因为无法理解而脸上布满了愚蠢。于是东山便凑过去咬牙切齿地说了一句什么,总算明白过来的新娘脸上出现了幽默的微笑。随即东山和他的新娘一起站了起来。东山站起来时十分粗鲁,他踢倒了椅子。正如森林事先预料的一样,他们走进了那个房间。但是他们没有将门关上,所以森林仍然看到那张床的一只角,不过没有看到他们两人,他们在床的另一端。然后那扇门关上了。

不久之后,那间屋子里升起了一种混合的声音,声音从门缝里挤出来时近似刷牙声。在这混合的声音里,最嘹亮的是床在嘎吱嘎吱响着。森林微微一笑,他想:

"一张破床。"

这一时刻那一片嗡嗡声蓦然终止,那些窃窃私语者都抬起了梦游症患者一样的脸来。森林注意到广佛开始腾出手来擦汗了,于是彩蝶靠在桌面上的头也总算仰起,在她仰起的脸上,森林看到了一种疲倦的紫色。那个男孩也不再踮着脚,他开始朝那扇门奇怪地张望。

森林是在这时看到沙子实现了他的诡计。他看到沙子微笑地走到那个正在凝神细听的姑娘身后,沙子从口袋里拿出了一把剪刀,剪刀在灯光下一闪之后,那姑娘便失去了一根辫子。于是森林看到姑娘的头颅像是失去重心一样摇摆了过去。沙子往后退去时仍然在微笑,他一直退到门旁。可是不一会儿森林发现沙子已经坐在妻子的身旁,沙子从门旁到那里的过程,森林没有看到。

这时候那扇门似乎在微微抖动了,里面的声音像风一样打在门上。森林感到那声音像是从油锅里煎出来似的热气腾腾。随后森林听到这混合在一起的声音开始运动。那声音在屋内抱成一团,并且翻滚起来,仿佛从床上掉落在地,滚到了墙角,又从墙角滚到了床底下。于是森林清晰地分辨出了两种声音。他听到了柳枝抽打玻璃的尖厉声和巨石从山坡上滚下时的沉重喘息。他体会到这两种声音所形成的对抗。然而对抗是暂时的,不久之后它们便趋向了和解。它们从狭路相逢进入剑拔弩张的高潮后,又立刻跌了下来,这两种声音开始同舟共济了,并且正在快速地远去。此后一片平静呈现了,如同呈现了一片没有波浪的湖面。

然后屋内响起了比口哨还要欢畅的脚步声,接着那扇门打开了。东山首先走出来,他脸上的笑容像是一只烂掉的苹果,但他总算像一个新郎了,他的新娘紧随其后,新娘的脸色像一只二十瓦的灯泡一样闪闪发光。他们从容不迫地在刚才的位置上坐了下来,他们的神态强词夺理地在说明他们没有离开过。

广佛和彩蝶开始面面相觑，透过面面相觑，森林得意地看到了他们心中正羞愧不已。但是森林没有料到的是他们两人突然果断地站了起来，接着以同样的果断朝门口走去。门被打开后又被关上。然后他们已经不再存在于屋内，他们已经属于守候在屋外的夜晚。接着那门又被打开又被关上，森林看到那个男孩也出去了。在男孩出门的一瞬间，森林看到男孩的后脑勺上出现了一点可怕的光亮。

然而这个时候，森林妻子将忍耐多时的悲哀像一桶冷水一样朝他倒来。他妻子在那一刻突然哇哇大哭起来，如一只汽车喇叭突然被摁响一样。妻子的哭声像硝烟一样在屋内弥漫开来，她用食指凶狠地指着森林：

"你从来没为我买过一条漂亮裤子。"

那时候森林眼前出现了一片空荡，而一块绝望的黑纱在空荡里飘来了。正是在这一刻，森林心中燃起了仇恨之火，正如他后来对沙子所说的：

"我仇恨所有漂亮的裤子。"

四

广佛和彩蝶经过漫长的面面相觑以后，他们毅然地来到了屋外。他们十分干脆地体现了命运的意志。他们出门以后绕过了几棵从房屋的阴影里挺身而出的树木,但他们没有注意树梢在月光里显得冰冷而没有生气,显然这是不幸的预兆。那个时候广佛的智慧已被情欲湮没。直到多日以后,广佛的人生之旅行将终止时,他的智慧才恢复了洞察一切的能力。然而那时候他的智慧只能表现为一种徒有其表的夸夸其谈了。

广佛在临终的时刻回想起那一幕时,他才理解了当初他和彩蝶沙沙的脚步声里为何会有一种咝咝的噪声。这噪声就是那男孩的脚步。那时候男孩就在他们身后五米远的地方。但是当广佛发现他时已是几分钟以后的事了,那时候男孩的手电光线照在了他的眼睛上。男孩干涉了广佛的情欲,广佛的愤怒便油然而生,接着广佛的灾难也就翩翩来到了。

那天晚上他们并没有走远,他们出门以后只走了十多米,然后就在一片阴险闪烁的草地上如跌倒一样地滚了下去。于是情欲的洪水立刻把他们冲入了一条虚幻的河流,他们沉下去之后便陷进了一片污泥之中。以至那个男孩走到他们身旁时,他们谁也没有觉察。

首先映入男孩眼帘的是一团黑黑的东西,似乎是两头小猪被装进一只大麻袋时的情景。然而当男孩打亮手电照过去时,才知道情况并不是那样,眼前的情景显然更为生动。所以他就在他们四周走了一圈。他这样做似乎是在挑选最理想的视觉位置,可他随即便十分马虎地在他们右侧席地而坐。他手电的光线穿越了两米多的空间后,投射在他们脸上,于是孩子看到了两张畸形的脸。与此同时那四只眼珠里迎着光线射过来的目光使孩子不寒而栗。所以他立刻将光线移开，移到了一条高高跷起的腿上，这条腿像是一根冬天里的树干，裤管微微有些耷拉下来，像是树皮一样剥落下来。最上面是一只漂亮的红皮鞋，那么看去仿佛是一抹朝霞。腿在那里瑟瑟摇晃。不久之后那条腿像是断了似的猝然弯曲下来，接着消失了。然而另一条腿却随即挺起，这另一条腿的尖端没有了那只朝霞一样的红皮鞋，也没有裤管在微微耷拉下来，什么都没有，有的只是一条腿，这条腿很纯粹。孩子的手电光照在那上面，如同照在一块大理石上，孩子看到自己的手电光在这条腿上嘹亮地奔泻。然后他将光线移到了另一端，因此孩子看到的是一只张开的手掌，手掌仿佛生长在一颗黑黑的头颅上。他将光线的焦点打在那只手掌上，四周的光线便从张开的指缝里流了过去。随后手掌突然插入了那黑黑的头颅，于是一撮一撮黑发直立了起来，如同一丛一丛的野草。接着黑发又垂落下去，黑发垂落时手掌消失了。孩子便重新将光线照到他们脸上，他看到那四只眼睛都闭上了，而他们的嘴则无力地张着，像是垂死的鱼的嘴。他又将光线移到刚才出现大腿的地方，光线穿过了那里以后照在一棵树上。刚才的情景已经一去不返了，如今呈现在手电光下的不过是一堆索然无味的身体。于是他熄灭了手电。

　　广佛从地上爬起来时，孩子还坐在那里。他回头看了看彩蝶，彩蝶正在爬起来。于是他就向孩子走去，孩子的眼睛一直在看着他,那双眼睛像是两只萤火虫。孩子坐在那里一动不动,月光照在他身上,仿佛他身上披满水珠。广佛走到他跟前,站了片刻,他在思忖着从孩子身上哪个部位下手。最后他看中了孩子的下巴,孩子尖尖的下巴此刻显得白森森的。广佛朝后退了半步,然后提起右脚猛地踢向孩子的下巴,他看到孩子的身体轻盈地翻了过去,接着斜躺在地上了。广佛在旁边走了几步,这次他看中了孩子的腰。他看到月光从孩子的肩头顺流而下,到了臀部后又鱼跃而上来到了腰部。他看中了孩子的腰,他提起右脚朝那里狠狠踢去。孩子的身体沉重地翻了过去,趴在了地上。现在广佛觉得有必要让孩子翻过身来,因为广佛喜欢仰躺的姿态。于是他将脚从孩子的腹部伸进去轻轻一挑,孩子一翻身形成了仰躺。广佛看到孩子的眼睛睁得很大,但不再像萤火虫了。那双眼睛像是两颗大衣纽扣。血从孩子的嘴角欢畅流出,血在月光下的颜色如同泥浆。广佛朝孩子的胸部打量了片刻,他觉得能够听听肋骨断裂的声音倒也不错。这样想着的时候,他的脚踩向了孩子的胸肋。接下去他又朝孩子的腹部踩去一脚。然后他才转过头去看了看彩蝶,彩蝶一直站在旁边观瞧,他对彩蝶说:

"走吧。"

当广佛和彩蝶重新走入东山的婚礼时,森林的妻子还在号啕大哭。所以谁也没有注意到他们推门而入,因此他们若无其事的神态显得很真实。在所有人中间,只有森林意识到他们两人刚才开门而出，但是森林此刻正在被仇恨折磨，他无暇顾及他们的回来。于是彩蝶便逃离众目睽睽，她可以神态自若地坐回到自己的位置上。然后她又以同样的神态自若，看着广佛怎样走到那伙窃窃私语者身旁，她看到广佛朝喜气洋洋的东山微微一笑，随后俯下身对一个男人说了一句话，她知道广佛是在说：

"我把你儿子杀了。"

在那个男人仰起的脸上，彩蝶看到一种睡梦般的颜色。接着广佛离开了那伙人，当广佛重新在彩蝶身旁坐下时，彩蝶立刻嗅到了广佛身上开始散发出来的腐烂味，于是她就比广佛自己更早地预感到了他的死亡。与此同时，她的目光投射到了露珠的脸上，她从露珠脸上新奇地看到了广佛刚才朝那伙人走去时所拥有的神色。因此当翌日傍晚她听到有关东山的不幸时，她也丝毫惊讶不起来，对她来说这已是一个十分古老的不幸了。

五

聚集在东山婚礼上的那群人像是被狂风吹散似的走了。沙子是第一个出门的，他出去时晃晃悠悠像一片败叶，而紧随其后森林那僵硬的走姿无疑是一根枯枝的形象。他们就这样全都走了。东山感到婚礼已经结束,所以他也摇晃地站起来,朝那扇半掩的门走去。他走去时的模样很像一条挂在风中的裤子。那个时候东山的内心已被无所事事所充塞,这种无所事事来自刚才情欲的满足和几瓶没有商标的啤酒。因此当东山站起来朝里屋走去时,他似乎忘掉了露珠的存在,他只是依稀感到身旁有一块贴在墙上的黑影。于是他也就不可能知道此刻对露珠来说婚礼并没有结束。如果他发现这一点的话,并且在此后的每时每刻都警惕露珠的存在,那么他也就成功地躲避了强加在他头上的灾难。然而这一切在他做出选择之前就已经命中注定了。东山一躺到那张床上就立刻呼呼睡去,命运十分慷慨地为露珠腾出了机会。

在此之前,露珠清晰地听到那张床发出的嘎吱嘎吱的响声,如同一条船在河流里摇过去的橹声,而且声音似乎在渐渐地远去。这使露珠感到很宁静。随后东山的鼾声出现了,东山的鼾声让露珠觉得内心踏实了。所以她就站起来,她听到自己身体摆动时肥大的声响。那个时候屋外的月光使窗玻璃白森森地晃动起来,这景象显然正是她此刻的心情。她十分仔细地绕过聚集在她前面的椅子,她觉得自己正在绕过东山所有的朋友,他们一个一个都不再对她有威胁了。现在她已经站在了那间屋子的门口,她看到了东山侧身躺着的形象。她生平第一次站在旁边的角度看到一个男人的睡态,因而她内心响起了一种阴沟里的流水声。可是流水声转瞬即逝,因为她那时十分明白流水声继续响下去的危险,她已经意识到这声音其实是命运设置的障碍。像绕过刚才的椅子那样,这次她绕过了流水声。她已经站在了梳妆台前,她的目光停留在那个小瓶上,她发现从镜子里反映出来的小瓶要比实际大得多。那个时候她摇摇晃晃地听到了两种声音:

"这是什么?"

那是她问父亲的声音和东山问她的声音,两种声音像是两张纸一样叠在了一起。

她当初的回答是沿用了父亲的回答:

"我的嫁妆。"

于是她看到东山脸上洋溢出了天真无邪,从那时她就知道自己要干的这桩事远比想象的要简单。那时候她看到了东山其实是手无寸铁的,东山的智慧出现了缺陷,东山的智慧正在被情欲用肥皂洗去。所以她拿起小瓶时丝毫没有慌乱,但是那一刻里她的左眼皮突然剧烈地跳动了几下。由于被行动的欲望所驱使,她没有对这个征兆给予足够的重视,她错误地把这种征兆理解为疲倦,所以日后的毁灭便不受任何阻挠地来到了。

她已经走到了床边,东山因为朝右侧身睡着,所以他左侧的脸在灯光下红光闪闪,那是啤酒在红光闪闪。她用手指在那上面触摸了一下,恍若触摸在削下的水果皮上。然后她拧开了瓶盖,将小瓶移到东山的脸上,她看着小瓶慢慢倾斜过去。一滴液体像屋檐水一样滴落下去,滴在东山脸上。她听到了哧的一声，那是将一张白纸撕断时的美妙声音。那个时候东山猛地将右侧的脸转了出来，在他尚未睁开眼睛时，露珠将那一小瓶液体全部往东山脸上泼去。于是她听到了一盆水泼向一堆火苗时的那种一片哧哧声。东山的身体从床上猛烈地弹起，接着响起了一种极为恐怖的哇哇大叫，如同狂风将屋顶的瓦片纷纷刮落在地破碎后的声音。东山张大的嘴里显得空洞无物，他的眼睛却是凶狠无比。他的眼睛使露珠不寒而栗。那时候露珠才开始隐约意识到了一点什么，但她随即又忽视了。东山在床上手舞足蹈地乱跳，接着跌落在地翻滚起来，他的双手在脸上乱抓。露珠看到那些灼焦的皮肉像是泥土一样被东山从脸上搓去。与此同时，露珠似乎听到了父亲咳嗽般的笑声，笑声像是屋顶上掉下来的灰尘一样出现了。于是她迷迷糊糊地发现了自己的处境，她的思想摇曳地感到自己似乎是父亲手枪里的一颗子弹。

六

几天以后，广佛站在被告席上重温了他那一天里的全部经历。他的声音在大厅里空洞地响着，那声音正卖力地在揭示某一个真理。他在说到中午起床拉开窗帘后看到阳光如何灿烂时，他的神态说明他重又进入了那一天。然后有几只麻雀从半空里飞下来，一阵喳喳声也从半空里飞了下来。于是他发现再在屋内待下去是愚蠢的，因此他就来到了屋外。走到屋外时一个素不相识的陌生人朝他微微一笑，这个微笑使他走到大街上时仍然难以忘怀。这个时候他碰到了东山，东山充满激情地告诉他晚上的婚礼，那时候他表现出来的激情绝不逊色于东山。随后他们两人就各走东西。广佛朝东走去时蓦然感到东山刚才脸上的激情有些吓人。但他却没有因此想到自己刚才表现的激情是否也吓人。他就这样走进了一家点心店，一客小笼包子端上来时热气腾腾，他的早餐便开始了。尽管他在某一只包子里咬出了一颗小石子，可是并没有影响他的情绪。在他走出点心店时，他下午的经历开始了。他首先是走到邮局报栏前看了所有陈列出来的报纸的夹缝，他在夹缝里看到了三条杀人的新闻。那个时候命运第一次向他暗示了，可是得到的结果却与后来的暗示一样，命运在对牛弹琴。随后他离开报栏朝西走去，在走到那座桥上时，他得到了命运的第二次暗示，那时候他看到有一条披麻戴孝的小船哭哭啼啼地从桥下摇了过去，但他同样无动于衷。他在桥上站了一会儿，他这样做只是为了看着正在波动的水，水的颜色使他想起了一条柏油马路。这个联想出现后，他开始感到索然无味。于是他走下了桥，他望到了自己房间的窗口，那个窗口有点阴阳怪气。这时候他才发现自己走了一圈的结局是回家。于是他就从刚才走下来的楼梯走了上去，那个下午以后的时间他消磨在房间里。他半躺在床上，用一只眼睛看着窗外的一片树叶,他记得那片树叶的颜色是黄的。他在望着树叶时不停地吹口哨,吹口哨表明他的心情一直很愉快。那片树叶在口哨声里摇摇晃晃,显得很危险。后来在他从床上跳起来准备去参加东山婚礼时,那片树叶终于掉落下来,那掉下来的姿态慢慢吞吞。显然这是命运的第三次暗示,他自然又忽视了。接下去他通过那个弥漫着灰尘的楼梯,又来到了屋外。那个时候太阳掉下去了,一片晚霞挂在马路上面,他十分愉快地走在晚霞和马路中间。他记得当时什么也没有发生,连一片树叶也没有掉下来。他就这样走到了东山家的小巷口,他的身体扭动一下后就走进了小巷。当时他朝那里的一家卫生院望了一下,透过卫生院的窗玻璃他看到了一只正在挨针扎的屁股,但尚未分辨一下这只屁股的性别,他就走过去了。然后他就出现在了东山的婚礼上,在东山婚礼上他首先看到的是那个男孩,那时男孩正用一双透明的黑眼睛望着他,男孩的眼睛使他心里涌上了一股奇怪的情绪,他想杀死他。那个时候命运的第四次暗示出现了。但他随即被娇媚的彩蝶招引了过去,他坐到了她的身旁,他用眼睛望着她的脖子,他的情欲之火就是这样点燃的。不久之后他的左腿上出现了爬动的感觉,彩蝶用脚趾开始了勾引。于是他的双手便开始传达他的情欲之火。尽管他竭尽全力,可他还是感到自己的情欲舒展不开。后来是东山的果断行为激励了他,他就和彩蝶双双走到了屋外,在一片布满水珠的草地上翻滚下去。那男孩的手电光也就接踵而至，手电光使他的情欲发泄时出现了愤怒的成分。愤怒的结果使他杀死了男孩。他就这样连续错过了命运的四次暗示，但是命运的暗示是虚假的，命运只有在断定他无法看到的前提下才会发出暗示。他现在透过审判大厅的窗玻璃，看到了命运挂在嘴角的虚伪微笑。他用右手向窗外的天空一指，窗外的天空蓝得虚无。他说这种虚伪微笑不是任何眼睛都能看到的，只有临终的眼睛才能看到。当他此刻重新回顾那一天的经历时，他才知道彩蝶和男孩其实是命运为他安排的两个阴谋，他还知道自己只要避开其中一个，那他也就避开了两个。可是由于他缺乏对以后的预见，所以他迟早也将在劫难逃。而他和彩蝶则是命运为男孩安排的两个阴谋，现在男孩已经死了，他也将殊途同归。唯有彩蝶幸存下来，命运在那一天为彩蝶安排的只是一个道具。现在他看到彩蝶的神色里有一种更为可怕的东西，因此他意识到命运对彩蝶的陷害将会更为残酷。他明确地告诉彩蝶，命运正在引诱她自杀。如果彩蝶重视他的临终忠告，那么她也许还能化险为夷。但是他十分遗憾地感到彩蝶对他的忠告显然漫不经心，所以他认为彩蝶也在劫难逃了。如今他行将就木，他并不感到委屈，他只是忏悔对那个男孩的残杀，他感到自己杀死的似乎不是那个男孩，而是自己的童年。所以当他扼杀了自己的童年以后，再在此刻回顾自己的人生之旅，他的眼睛凄凉地看到了一堆废墟。现在他已经别无所求，他只希望沙子能够将他的骨灰撒在一片蔚蓝色的海面上，他将在波浪里万念俱灭，日出会将他的人生抹掉，就像他现在抹掉嘴角的唾沫一样。

彩蝶十分无聊地听着广佛冗长的夸夸其谈，那时候她站在证人席上，她的眼睛远远地注视着沙子，沙子像一片树叶似的在那里悄无声息地飘来飘去。沙子不停地从一个空座位向另一个空座位转移，沙子每次坐下时，她都要通过某一位时髦女子的头发才能继续看到沙子，她看到的是沙子灰暗的前额，但是沙子的前额比广佛的声音要明亮多了。广佛的声音让她仿佛看到一个男人在黑暗里咬牙切齿。所以她警惕地感到那声音不怀好意。因此当广佛对她进行忠告时，她无可非议地将这种忠告理解为诅咒。广佛对她结局的预言在她听来如同麻雀的叫唤。那时她在心里想着自己的美容，她已经没有机会让广佛知道她已经和一位眼科医生取得了联系，这个联系在一个月以前就开始了。那位眼科医生会使她更为楚楚动人，医生只需在她的眼皮上轻轻划上两刀，她就会拥有生动的双眼皮，这个不久来到的事实会轻而易举地粉碎广佛的预言。尽管广佛就站在她近旁，但她没心情去看他，看着鬼鬼祟祟的沙子使她觉得更为有趣。但是不久之后她就发现那人其实不是沙子，而是森林。森林与沙子的神态如此接近，她还是第一次发现。那个时候她已经走到大厅的门口了，她看到沙子就在前面走着，所以她就叫了一声，然后她才发现那人其实是森林。接着她从森林喜气洋洋的脸上感到，森林似乎十分乐意被错认成沙子。与此同时她看到前面有几个穿着紧身裤的时髦女子,彩蝶之所以注意她们是因为她们的臀部如同被刀割过一样裂开了,裂开的模样很挑逗,因为里面的内裤色彩斑斓。

七

　　这天晚上,森林用小拇指敲开了沙子的屋门,这个举动为他的这次拜访涂上了一层神秘的色彩。他进屋以后就在沙子的床上坐了下来,床摇摆了几下。然后他用一种诡秘的微笑注视着沙子。沙子显然已经意识到森林的这次拜访不同以往,所以他十分警惕地与他保持两米的距离。然而森林开口的第一句话却是告诉沙子有关广佛的消息。他告诉沙子只用一颗子弹就将广佛断送了。那颗子弹很小,因为弹壳被一个孩子捡去了,所以森林现在只能向沙子伸出小拇指。

　　"就这么小。"

　　接着森林传达了广佛的遗言。广佛临终时的重托显然使沙子感到有些棘手,但他还是十分认真地询问了广佛的骨灰现在何处。森林便拍了拍两只胀鼓鼓的上衣口袋。沙子才知道他把广佛带来了。于是沙子将一张十多年前的报纸在桌上铺开,森林就走过去把两只口袋翻出来,将骨灰倒在报纸上,倒完以后森林用劲拍了拍口袋,剩余的骨灰弥漫开来,广佛的一部分就这样永久地占有了沙子的房屋。那个时候他们两人同时嗅到了广佛身上的汗酸味。

森林重新坐到沙子的床上,刚才那种诡秘的微笑又在他的嘴角出现。森林告诉沙子彩蝶上午把他错认的经过。但是沙子却只是轻描淡写地微微一笑。因此森林便提醒他,彩蝶的错认有力地暗示了他们的接近。然而沙子立刻予以否定,因为他一点也没看出这种所谓的接近。森林便不得不揭穿了沙子在东山婚礼上的行为,随后他充满歉意地说:

"我不是有意的。"

这无疑使沙子大吃一惊,但他立刻用满不在乎的一笑掩盖了自己的吃惊。然而他并不准备去否认,他迟疑了片刻后对森林说:

"那不是我的代表作。"

"这我知道。"

森林挥了挥手,他告诉沙子他今夜来访的目的并不是要贬低沙子的天才,而是……他请沙子把剪刀拿出来。

但是沙子以沉默拒绝了,于是森林就从裤袋里拿出了一把小刀,他将锋利的刀口对准沙子,问:

"看到了吗?"

确定了沙子的点头以后,他便告诉沙子,这把小刀已经割破了二十个时髦女子的时髦裤子。他这样做是因为他仇恨所有漂亮的裤子。然后他坚信沙子也有同样的心理,并且认为当他割裤子听到咔嚓声时所得到的快感,与沙子听到剪刀咔嚓声时的快感毫无二致。他再次请求沙子把剪刀拿出来。

沙子现在完全理解了森林妻子在东山婚礼上的号啕大哭。他微微一笑后从口袋里拿出了剪刀,他也问:

"看到了吗?"

"看到了。"森林回答。接着他说虽然小刀和剪刀的形状与大小都不一样,但是:

"它们一样有力。"

沙子听完以后并不立刻回答,他蹲下身从床底拖出了两只大木箱。他打开木箱以后让森林看到了两箱排列得十分整齐的辫子。他告诉森林它们中间每一根都代表着两根辫子,因为他从来都只是剪一根辫子的,而另一根:

"她们会替我剪去的。"

这个情景使森林感到羞愧,于是他十分坦率地承认自己远远落后了。

"问题并不在这里。"

沙子这样说。但是森林表示他一下子还不能正确地理解这句话,所以沙子就只好明确地指出:森林不过是一个复仇者,而他却是一个艺术家。

"我们的不同就在这里。"

沙子仔细分析了森林割裤子和自己剪辫子的原始动机。他告诉森林他并不像他仇恨漂亮裤子那样仇恨辫子,他是因为看到辫子时有一种本能冲动，这冲动要求他剪下辫子。所以他这样做是为了表现自我，因此：

"我是一个艺术家。"

接着他对自己的这种冲动做了一个比喻：

"近似东山看到露珠时的那种冲动，但又完全不一样。因为他是生理的，而我则是艺术的。"

提到东山的名字以后，两人都沉默了片刻，表示对东山被毁坏的面容的悼念。

现在森林感到无话可说了，他看到了自己的失败，他不得不承认沙子说得有理。

沙子看出了这种对自己有利的处境后，他就提议到外面去走一走，说话的时候他将广佛的骨灰包了起来。然后他们就来到了屋外，在走出那条小巷时，沙子告诉森林尽管他们本质不同，可表现形式还是有共同之处的，鉴于这一点，沙子感到他们的友谊朝前跨出了很大一步。

沙子的话使森林深受感动，因为这正是他今晚的目的所在。他来向沙子指出他们的接近，无非是为了证明他们的友谊朝前跨出了一大步。现在他感到心满意足，他十分愉快地跟着沙子往前走。他们走去的方向有一条小河。那个时候他们谁也不知道命运已在河边为他们其中的一人设置了圈套。

来到河边以后，森林重提了彩蝶上午把他错认的经过，他这样做无非是用另一种说法证明他们的友谊朝前跨出一大步。

森林说话的时候，沙子将报纸里的广佛扔进了那条正在闪烁流动的小河。广佛无声地掉落在水面上，由于报纸依旧包着，它漂浮了一小会儿，然后在桥的阴影里消失。这个举动使森林大吃一惊，但是沙子指着小河十分平静地告诉森林：

"它会流入大海的。"

于是森林就开始想象这条小河如何七转八弯流入了另一条河，这另一条河不久之后又归入别的河流，如此下去无数河流出现了。在穿过无数田野竹林和无数小小的城镇后被运河吞没，运河北上以后进入了长江，长江浩荡东去，流入了大海。在森林想象的最后时刻，那一片蔚蓝色的海面果然出现了。

这时有几个民警出现在他们面前，民警证实了谁是森林以后，就把森林带走了。这个过程十分利索，双方都心照不宣。森林在临走时委托沙子常去看望他的妻子。森林在嘱托的时候发现沙子脸上正流淌着得意的神采。于是他就对沙子说：

"我不会出卖你的。"

这其实是森林的一个阴谋，后来的事实证明森林的阴谋很成功。那几个民警显然重视了森林这句话，所以此后连续三次盘问森林，但森林每次都是坚定地回答：

"我不会出卖沙子的。"

尽管除此以外森林什么也没有说，但他却是十分出色地将沙子展览了出来。

八

沙子是在翌日傍晚去完成森林的委托的,他的这个行动说明他并没有意识到自己已被森林出卖了。那个时候展现在沙子眼中的是一个蓬头散发的女人,那女人半躺在床上,阴沉地告诉了沙子她刚才干了些什么。

她指着床头柜上的半碗水对沙子说:

"我吞下了一碗老鼠药。"

这话使沙子颇为惊讶,于是他就打听她平时的饭量。

"也就那么一碗。"

森林妻子的回答使沙子感到她必死无疑,因此他就立刻向她揭示了这个真理。她脸上出现了一只鸟飞过时闪一下的阴影。

接着沙子又告诉她森林不久之后就会回来的,这句话显然加深了她内心的痛苦。她说:

"我要惩罚他。"

"但那时你已经死了。"沙子郑重其事地提醒她。

沙子的提醒使她有些不知所措,但她随即释然了,她颇为得意地说:

"我已经惩罚他了。"

沙子思考了一下以后,表示同意她这句话。这时候他已经看穿了她的心计,因此他便向她描述了森林回来后的详细情景。他从森林出狱后的激动心情说起,那时候森林有一种想立刻拥抱妻子的强烈愿望,所以他就一路小跑地回家,可是他推门而入时却大吃一惊。因为那时她已经腐烂了,腐烂时臭气冲天。这种久别重逢的情景显然出乎森林的意料,因此他就号啕大哭起来。森林足足哭了一整天,他的哭声使邻居毛骨悚然,夜晚来临时他的哭声才算终止,于是他在床沿上悲痛欲绝地坐到深夜。森林是在这个时候毅然决定紧步妻子后尘的,他便站起来寻找老鼠药,可是老鼠药让他妻子一人独吞了。这个事实并没有打消森林心中的决定,森林坚定地走到阳台上。沙子说到这里停顿了一下,接着他十分详细地描述了森林跳楼自杀的每一个细节,就是最后鲜血怎样在马路上溢开来他都足足说了五分钟。

沙子的描述使森林妻子十分满意,她告诉沙子:

"你和我想的完全一样。"

同时她又指出了沙子描述里的不真实处,那就是她并没有腐烂,即便腐烂也不会是臭气冲天。随即她轻轻叫了一声,这叫声使沙子感到是一只老鼠在叫唤。他看到她双手捂住了胃部,她的身体十分有趣地扭曲起来,有一丝鲜血从她嘴角慢慢溢出。森林妻子这时候开始哇哇乱叫了,沙子耳中响起了一家工厂的所有声音,这声音使他不堪忍受。于是他就对她说如果难受的话,就把胃里的老鼠药吐出来。她像是得到启示一样哇哇地呕吐了起来,吐得肆无忌惮。在她慢慢伸开的身体上,沙子看到呕吐出来的东西像一条毯子似的盖在她身上。在这色彩丰富的呕吐物上，沙子可以想象出她的最后一餐是如何丰盛。同时他惊讶她居然有这么大的一个胃。呕吐物散发出来的气味使沙子眼花缭乱，于是他就决定撤退了。

沙子逃离了森林妻子的呕吐后，落入了彩蝶的手中。那个时候他已经来到了街上，正走在梧桐树叶制造的阴影上，彩蝶像是等待已久似的站在他前面。那时候他感到彩蝶长着四只眼睛，那是因为彩蝶的眼皮上出现了两块小小的纱布，被胶布固定在那里。彩蝶眉飞色舞地告诉了他美容手术的经过，沙子站得两腿发酸时她仍在喋喋不休。最后彩蝶邀请沙子在四天过去后的第五天傍晚来她家，参加她的揭纱布仪式。她得意洋洋地预言她的揭纱布仪式将会非常隆重，将会使东山的婚礼黯然失色。她指着纱布告诉沙子，那时候他就会发现：

"这里面隐藏着惊人的美丽。"

九

四天过去以后的第五天夜晚，销声匿迹了一段日子的东山，无声地推开了沙子的屋门。那个时候沙子刚刚从彩蝶的揭纱布仪式上出来，而他的心情还没有完全出来，所以他的脸上有一种正在听相声的神色。

直到很久以后,沙子依然能够清晰地回想起彩蝶当初坐在梳妆台前准备大吃一惊的神态,这个神态使沙子日后坐在拘留所灰暗的小屋内时,成功地排遣了一部分的寂寞。当他那时再度回想时,居然没有隔世之感,那情景栩栩如生如同就在眼前。

他那无聊的思绪一旦逗留在当初彩蝶纱布揭开的情景上时,仅仅用兴高采烈来表示显然是不够的。当纱布揭开时,也就是那个应该激动人心的场面来到时,却是一片沉默出现了,如同出现了一片阴沉的天空。这个沉默所表达的含义,在场的每个人都能够心领神会。这个沉默持续了很久以后,才被一个声音打破,那个声音从沙子斜对面干燥地滑过来,那个声音显然是不由自主的,声音说:

"两道刀疤。"

这话有力地概括了彩蝶美容手术的失败,所以沙子记住了这个声音拥有者的形象。当多日以后,沙子从拘留所出来时,也是这个声音向沙子描述了彩蝶最后几个情形中的一个。这个声音过去以后,很多人发出了赞同的喳喳声。在那一片喳喳声里,沙子满意地看到了自己开始欢畅起来的心情。

那个时候彩蝶确实是大吃一惊了,正如她所准备的那样,只是期待的结果恰恰相反。所以她的沉默所持续的时间长了一点。在彩蝶的沉默里,沙子幸灾乐祸地体会到了可怕的绝望。

后来彩蝶重新将纱布贴到了眼皮上，尽管她努力装着若无其事，但在场所有的人都发现了她的两条手臂像什么，像是狂风里瑟瑟摇晃的枯树枝。接着她站了起来，她站起来以后装腔作势地微微一笑。随后她以同样的装腔作势说：

"还算不错。"

但她的声音正在枯萎。

沙子在听到她的声音时，恍若看到一片秋天里的枯叶从半空里凄凉地飘落下来。因此在那一刻里，沙子隐约地看到了彩蝶近在眉睫的毁灭。当彩蝶将身体转过来时，所有人都吃惊地看到那张像白纸一样没有生命的脸。沙子从这张脸上坚定了自己刚才的预感。那时候彩蝶又说：

"你们可以走了。"

于是他们一个一个十分坚定地朝门口走去，他们的脚步声让彩蝶感到他们不会再来，所以彩蝶的眼睛开始叙述起凄凉。沙子是最后一个出去的，他在出去前对彩蝶说了一句话，以此报答彩蝶对他的邀请，彩蝶听后苍白地一笑。沙子出门以后随手将门关上，他用这个举动说明他也不会再来了。然后他发现所有人都聚在走道上，他立刻理解了他们的举止，因此他就在门口站住了脚。不一会儿他们共同听到屋内响起了极为恐怖的一声，这一声让他们感到仿佛有一把匕首刺入了彩蝶的心脏。第二声接踵而至，第二声让他们觉得是匕首插入了她的肺中，因为这一声有些拖拉，在拖拉里他们听到了一阵短促的咳嗽。

然后第三声来了，第三声使他们一下子尚不能分辨是刺入胃中还是刺入肾里，这一声有些含糊。第四声却是十分清晰，他们马上想象到匕首插进肝脏，他们仿佛听到了肝脏破裂后鲜血哗哗流动的声音。紧接着第五声出现了，第五声让他们觉得是刺中了子宫，这一声很像正在分娩的孕妇在喊叫。接下去里面的声音铺天盖地而来了。他们感到匕首杂乱无章地在她身上乱扎了。他们决定走了，他们觉得有价值的器官都被刺过了，剩下的不过是些皮肉和骨骼。

现在基于这个前提，沙子重新回顾那个色彩丰富的揭纱布仪式时，觉得那里面塞满了幽默。尽管后来沙子不承认那个仪式的隆重，但他却愿意认为这个仪式别开生面。当他跨入这个仪式时，展现在他眼中的是五十来个美男子的各种声音和姿态，这个仪式上作为女人的只有彩蝶。这个仪式因为没有辫子使沙子很久以后仍然有所失望。沙子难以忘怀的是彩蝶当初如何优美地迎了上来，又如何神采飞扬地告诉他，她把全城的美男子都请来了。随后彩蝶居高临下地让沙子明白，她之所以请他是看在往日的友谊上。沙子当然明白这是彩蝶的恩赐，他同时也理解彩蝶的恩赐其实是对他丑陋的嘲弄。因此当沙子离开那个房间时，他报复了彩蝶，他告诉她：

"这就是我来的目的。"

十

沙子回到家中不久，东山推开了他的屋门。因为沙子没有料到东山的来访，所以当东山出现时他不由失声惊叫。沙子的惊叫使东山再一次深刻地体会到了自己面容的破烂。

那时候呈现在沙子眼中的东山这张脸，如同一张被揉皱后又马虎拉开的纸，他看到昏暗的灯光在东山脸上起伏。虽然这张脸的深夜来访使沙子惊慌失措，但他随即就知道了是东山站在他的对面。当他平静下来以后，他开始感到这张脸似曾相识，于是东山在那个早晨敲开他房门时的情景便栩栩如生了。那个时候东山也像现在这样站在他对面，沙子在那时就透过东山红彤彤的神色看到了灰暗的灾难。现在这灾难不再抽象，而是十分具体地摆在沙子的视线中。然而沙子却无法透过这破碎的形象回归到昔日红彤彤的神采。他在这张脸上看到的依旧是灰暗的灾难，因此沙子隐约感到东山大难之后仍然劫数未尽。

东山并没有如沙子想象的那样在床上坐下来，他的神态说明他似乎要站到离开为止。尽管他的脸经历了毁灭，表情已经荡然无存，但是他的眼睛却强烈地表达了他此刻的心情。沙子似乎是通过两个小孔才看到他的眼睛，所以东山的眼睛并不让他感到近在咫尺，于是他也就无法体会到东山此刻心中的痛苦。这个痛苦现在由东山用嘴传达了。

他告诉沙子他已被露珠抛弃。

为了向沙子做出证明，东山从口袋里拿出了两张扑克。沙子接过来所看到的是红桃Q和黑桃Q，他显然无法领会其中的含义。于是东山就要求他看一下反面。沙子翻过扑克牌以后，两个裸体美女的媚笑迎面而来。但是沙子没有兴趣，他脸上露出了遗憾的微笑，他对东山说：

"可惜她们没有辫子。"

"这并不重要。"

东山伸出一个手指说，东山自然无法像森林那样能够理解沙子对辫子的激情。他现在需要沙子证实一下她们是谁。

沙子仔细看了以后的回答使东山大失所望，沙子说：

"有点像彩蝶。"

于是东山告诉沙子，他之所以展示这两张扑克是因为它们与露珠有关。那个时候沙子看到东山被毁坏的脸上出现了一把匕首的阴影，这个先兆使他不寒而栗。但是他随即便释然地发现这个阴影并没有针对他，因为东山已经直截了当地告诉他：

"她们就是露珠。"

东山明确地指出以后，沙子便不再吭声。虽然他把所有的想象力全都鼓动出来，但他还是无法找出露珠与这两个裸女有一丝形象上的近似。沙子没有把这种想法告诉东山，他这样做是因为他十分明白即便说了也是没有作用。沙子感到露珠不仅毁坏了东山的面容，而且还毁坏了东山的眼睛。他感到此刻悬挂在东山脸上的匕首般阴影，似乎在预告着露珠将自食其果，同时他又证实了刚才的预兆，那就是东山大难之后仍然劫数未尽。

十一

可以说当露珠把那一小瓶硝酸朝东山脸上泼去时，她没法料到自己的灾难也开始了。十天以后，东山从医院回到自己家中，他的脸仍被纱布围困着。露珠以当初东山扑到她窗口的激情迎了上去，她笨重的身体扑过去时竟然像一只麻雀一样灵巧。那个时候呈现在东山眼中的露珠光彩夺目，她扑过来的叫声使他感到热气腾腾。然而所有这一切都转瞬即逝，东山的热情还没有完全燃烧就已经熄灭。迎接露珠的是两道悲哀的目光。正是在这一刻，东山最初预感到了抛弃，就像当初露珠在他脸上所看到的朝三暮四，他现在在露珠脸上看到了。

在此后的日子里，东山的心里长出了一口阴暗的枯井，他感到自己像是逃避光亮一样坐入了井中。他在那里反复思考，这思考带来的全部后果便是露珠正在远去。那时候他的视野被一片荒漠所占有，他看着露珠在荒漠之中如何消失。那肥大的屁股像一辆马车一样摇摇晃晃，消失时东山仿佛看到他记忆里飘扬的鲜艳内裤猝然倒下，倒下后便什么也没有了，就是一丝灰尘也没有扬起。东山的思考来到这里之后并没有终止，而是继续前行。那时候他的目光则朝另一个方向飘去,他的目光穿越了所有过来的日子,停留在他们的婚礼上;然后又从婚礼上移开进入了那间屋子,是从那扇半掩的门上滑进去的。于是他看到露珠在床上翩翩起舞,露珠在那一刻挥舞出来的动作再一次重现了。东山在露珠的动作里看到了一种训练有素的姿态。这个发现使东山终于明白了他们婚姻的实质。东山感到露珠对他的抛弃由来已久,在尚未得到她时,他已经被她抛弃。因此东山领悟到了那些日子来晃动在他眼前的露珠其实只是一个躯壳,露珠的灵魂从来就没有进门过一次。那躯壳也不过是在他床上寄存一下,现在就是这躯壳也要被取回了。东山对这个即将来到的事实无力阻止,因为他明确地知道露珠已经付清了躯壳的寄存费,那就是他每一次在这躯壳上所得到的美妙乐趣。

命运在让东山的眼睛变形之后,并没有对露珠丢开不管,它使露珠的眼睛里始终出现了一层网状的雾障。这雾障曾经遮挡了东山的眼睛很久,因此露珠无法看到笼罩在东山头顶的灰暗。东山终日坐在墙角的孤独神态被她错误地理解为对昔日面容的追怀。由于她歪曲了东山心中快速生长的嫉恨,所以她命中注定的灾难也就与日渐近。那个时候露珠显然心安理得,她已经毁灭了被东山抛弃的可能。她现在开始调动起全部的智慧,这些智慧的用处是今后生活的乐趣。今后的生活她将和东山共同承担,而换来的乐趣两人将平分秋色。露珠是在这种心情下解开了围困着东山面容的纱布，当东山支离破碎的面容解放出来时，露珠不由心满意足，因为东山此刻的面容正是她想象中的。然而东山从镜中看到自己的形象时，他立刻明白了露珠为何要取走她的躯壳，答案就在这张毁坏的脸上。如果这张脸如过去一样完好无损，东山感到露珠也许不会匆忙取走她的躯壳，也许会永久地寄存在他这里。现在该发生的已经无法避免。

东山在取下纱布的这天夜晚来到了屋外，他是在一种盲目的欲念驱使下走到屋外来的。他自然无法知道这盲目的欲念其实代表了命运的意志。命运在他做出选择之前就已经为他安排好了一切，他只能在命运指定的轨道里行走。不久之后他已经站在了广佛家的门前，虽然房屋里一片漆黑，他还是举起手来敲门。他并不感到自己敲门的动作强烈，但门框上的灰尘纷纷扬扬弥漫开来。那个时候旁边裂开了一条缝，一个孩子的脑袋探了出来，于是他和孩子之间就发生了一段简单的对话，对话的结果让他知道广佛已经死了。广佛已经死去的消息使他产生了隔世之感，当他转身走下楼去时，他听到自己的脚步声十分陌生。他就这样离开了广佛家。但是命运安排他出来并不只是让他得知这个消息，广佛不过是命运安排的一个转折，同时也是一个暗示。接下去出现的那个人才是命运的目的所在。东山现在已经走到了这里。那个时候一个陌生人拦住了东山的去路，那人从口袋里掏出了两张裸体扑克向东山展示。借着路灯的光线，东山看到了裸体的露珠。这两张扑克正是此后他向沙子出示的那两张。

十二

森林从拘留所出来以后，发现沙子仍然逍遥法外，他不禁有些失望。这个失望使他明显地看到他们之间的距离依然存在。他在这天早晨再次用小拇指敲开了沙子的屋门。尽管他敲门时很执着，但他更希望沙子不在里面，而在拘留所的某一间小屋内。同样，森林的出来也使沙子感到不那么愉快，他以为森林在里面应该待得更久一些。然而森林仿佛看穿了沙子的心思，他颇为得意地说：

"我前天就出来了。"

森林在沙子床上坐下以后，他用手颇为神秘地指着放在他脚旁的黑色旅行包。他预言沙子无法猜出其中的含义，他说：

"虽然你很聪明。"

但是沙子提醒他：

"我从来不把自己的智慧消耗在一些无聊的小事上。"

"这我知道。"

森林挥了挥手。他告诉沙子在这点上他们有着共同之处，可是沙子却说：

"我看不出来。"

于是森林拉开了那个黑色旅行包,他从里面取出了一个很大的镜框。一段充满感激的文字歪歪斜斜地呈现在沙子眼中,仿佛每个字都喝醉了。当证实沙子已经看清后,森林才将镜框重新放回旅行包中。沙子这时说:

"这种镜框可以在好几家商店买到。"

"问题不在这里。"

森林又挥了挥手,他用沙子的那种腔调说。然后他十分严肃地告诉沙子他妻子服老鼠药自杀的过程。沙子听后马上让森林明白,那个过程他更清楚。森林却并不惊讶,他告诉沙子:

"但是她没死。"

这个消息显然是沙子没法料到的。森林一眼看出了沙子此刻的迷惑。他不禁微微一笑。随后他向沙子指明,这个镜框就是要送给生产那包老鼠药的厂家。他说:

"世界上难道还有更优秀的制药厂吗?"

以至他妻子吃下整整一碗后居然还活着,所以:

"仅仅写封感谢信是不够的。"

这就是他不远千里专程送镜框去的原因所在。

沙子听完之后同意这不是一桩无聊的小事,沙子的同意无疑使森林十分喜悦。但是沙子随后尖锐地指出他现在已经从复仇者"堕落"为感恩者了。

森林听后轻轻一笑,然后他从口袋里拿出了一把小刀。他告诉沙子尽管这已不是上次出示的那把小刀，但它们一样锋利。接着他得意地让沙子明白，这把小刀不再像他的剪刀一样留恋于城内，这把小刀将杀向城外一千里的地方，因此不久之后沙子就会羞愧地发现自己的剪刀已经黯然失色。那时候他会来告诉沙子，这把小刀已经比他的剪刀"更为有力了"。

沙子却是轻蔑一笑，他指出森林的夸夸其谈是多么苍白无力后，他告诉森林，他的剪刀在剪完城里所有的辫子后自然会走向城外。但在此之前，他的剪刀绝不会像森林的小刀一样好大喜功。森林的小刀不过割破了二十条裤子，"二十"这个数字太简单了，他提醒森林：

"就是婴儿也能说出更复杂一点的数字。"

沙子的回答无疑给了森林以重重一击，使森林看到了自己的羞愧。森林悲伤地低下了头，悄悄地将那把小刀收起。沙子在看到自己的胜利之后，并不打算乘胜追击。相反，他十分大度地肯定了森林准备杀向城外的想法是可取的。他认为森林的这个想法又一次使他感到他们的友谊朝前跨出了一大步。说完他向森林伸出了友谊之手。

两个人长久而有力地握手之后，来到了屋外，如同上次一样来到了屋外。不同的是现在是早晨，而上次是夜晚；现在他们去的地方是火车站，上次则是那条小河。但是心情是一样的。同样，不幸也正在前面等待着他们其中的一人。

那个早晨他们没有遇到东山，在他们走入车站候车室时，东山刚刚通过检票的进口走向一列绿颜色的列车。如果他们早一分钟到,他们就会遇到东山。他们走入候车室后,在东山刚才坐过的地方坐了下来。但是他们遇到了彩蝶,他们是在那条大街的转弯处遇到彩蝶的。那个时候彩蝶的眼皮上仍然有着两块小小的纱布,她嘴角挂着迷人的微笑向他们走来,然后她却如同没有看到一样与他们擦身而过。在彩蝶异样的神色里,森林似乎看到了什么,可他一时又回想不起来。所以森林开始愁眉苦脸,森林的愁眉苦脸一直继续到车站的候车室。那时候他的脸才豁然开朗,他告诉沙子他刚才在彩蝶脸上看到了什么,他说:

"广佛临终时的神色。"

这时候有几个民警出现在他们面前,民警在证实了谁是沙子后,就把沙子带走了。时隔多日以后,沙子回想起在自己被带走的那一刻,森林脸上怎样流淌出得意的神采时,他才领悟到自己是在什么时候被森林出卖的。对于森林来说,沙子的倒霉使他远行的路途踏实了,他终于能够亲眼看到沙子也难逃劫数。

十三

那天晚上东山离开以后,沙子并没有立刻睡去。那时候有一条狗从他窗下经过,狗经过时汪汪叫了两声。狗叫声和月光一起穿过窗玻璃来到了他床上,那种叫声在沙子听来如同一个女人的惨叫。在此后的一片寂静里,沙子准确地预感到露珠大难临头了。

那时候东山来到街上,街上已经寂静无人,几只路灯的灯光晃晃悠悠。这种景象显然很合东山当初的心情。他听着自己的脚步声沙沙地在街上响着,这声响使他的愤怒得到延伸。这延伸将他带到了自己家门口。

他将钥匙插入锁孔转动后出现了咔嚓一声,他进屋后猛地关上门,门发出了砰的一声巨响。这两种声音显然代表了他当初的心情。尽管他还没法知道自己接下去会干些什么,但在意识深处,他仿佛觉得这两种声响来自露珠的躯壳,于是他激动地战栗了一下。

那个时候他在漆黑中听到了露珠的鼾声,这充满情欲的声音此刻已经失去魅力。那鼾声就像一道光亮一样,指引着东山的嫉恨来到这间小屋。那时东山听到露珠翻身时床嘎吱嘎吱响了一阵。床的响声和刚才那两声一样硬朗,东山在听到这强硬的声响时,又激动地战栗了一下。

他在漆黑里站了片刻,然后他伸手拉开了装在门框上的电灯开关,随着啪的一声一片光亮突然展现。他看到露珠侧身睡在床上,露珠的模样像是一件巨大的瓷器。灯光呈现时,卷在露珠身上的被子发出闪闪绿光。东山走了过去。那个时候露珠睡眼蒙眬醒来了,她发现东山时显示了无比的喜悦,这种喜悦她用目光来传达。可是东山所看到的却是那种只有荡妇才具有的野兽般目光。正是这喜悦的目光把露珠送进了灾难的手中。在那一刻里，东山开始明确了自己该干些什么。他十分粗暴地掀开了盖在露珠身上的被子。这个动作无可非议地暗示了灾难即将来到，可是露珠的眼睛却没有看到，就像她一直没有看清东山近日来的内心一样。所以当东山掀开被子时，她把这种粗暴理解为激情正在洋溢，那种激情她曾在婚礼上尽情享受过。于是她不由重温了婚礼上的那个美妙插曲，她的脸上开始出现斑斑红点。

　　此刻那两张裸体扑克在东山脑中清晰地显示出来，它们就放在右侧的口袋里。但东山觉得没必要拿出来重复一下，因为更生动的形象就在床上。这个时候他听到一个声音从自己嘴里奔出，那是他进屋后听到的第四种强硬的声音，那是一种比匕首还要锋利的声音，他要露珠去掉此刻盘踞在她身上的胸罩和短裤。露珠又一次错误地理解了东山，她以现在的错误去证实刚才的错误，所以她确信无疑地认为，东山的激情已经到了无法压制即将奔泻的时候了。因此她十分麻利地脱下了胸罩和短裤，她感到自己赤裸的躯体魅力无穷，她以为东山就要肆无忌惮了。可是东山的目光一下子变得令她莫名其妙。刚才那种锋利的声音又响了起来。她按照声音指示来到了床下，她现在站在东山面前了。她感到胸部很沉重，这沉重使她得意洋洋，然而东山却往后退去，一直退到门旁，东山的神态又一次使她莫名其妙。但她随即便认为自己正在被一种情欲观赏，而那种情欲从观赏到进入将会瞬间来到。这时候她听到东山要求她把双手叉在腰间的声音，于是她就将双手叉了上去。但是她感到这样的姿态似乎呆板，所以就自作主张地微微屈起右腿。这无疑是她所犯的所有错误里最为严重的。右腿微微屈起后，刚好符合了东山口袋里黑桃Q反面所展示的姿态。不久之后她又听到东山要求她把双手放到脑后去的声音，她再次照办了。那个时候她的双腿不由自主地并拢到一起。这一次的姿态符合了红桃Q反面所展示的。到这时露珠显然已经看到东山可怕的目光，可是她忽视了。她不仅忽视而且还卖弄风骚地扭动了一下。于是东山那张破烂的脸像是要燃烧似的扭曲了。这时露珠似乎听到了一种奇怪的声音，她看到东山朝自己走了过来，于是那声音也就越来越清晰。当她看到东山随手拿起一只烟缸时，她终于听清了那是父亲咳嗽般的笑声，这笑声的突然来到使她大吃一惊。这时那个烟缸已经奔她前额而来了，她看到烟缸如闪电一样划出了一道白光，她还没失声惊叫，前额就已经遭到了猛烈一击。她双腿一软倒了下去，脑袋后仰靠在了床沿上。

东山随手操起烟缸向露珠头顶砸去时，他没有听到烟缸打在她脑壳上的声音，那时露珠的失声惊叫掩盖了这种声音。露珠的惊叫让东山感到是一条经过附近的狗的随便叫声。随后露珠的身体像一条卷着的被子一样掉落在地。那个时候东山才发现烟缸已经破碎，碎片掉在地上时纷纷响起刚才关门时那种砰的声响，但是东山对这种过于轻微的声音十分不满。他现在心中的嫉恨需要更为强烈的声响来平息。于是他操起近旁的一把凳子，猛地朝露珠头上砸去，凳子的两条腿断了，刚才床的嘎吱声短暂地重现。他听到露珠窒息般地呻吟了一下，同时他看到露珠脑袋歪过去时眼皮微微跳动了一下。这情形使东山对自己极为恼火。于是他又操起了另一把凳子，可是他马上觉得它太轻而将其扔在了一旁。接着他的眼睛在屋内寻找，不一会儿他看中了那个衣架，但是当他提起衣架时又觉得它太长而挥舞不开。然后他看到了放在墙角的台扇，台扇的风叶已经取掉。他走过去提起台扇时马上感到它正合适。他就用台扇的底座朝露珠的脑袋劈去，他听到了十分沉重的咔嚓一声，这正是他进屋时钥匙转动的声音，但现在的咔嚓声已经扩大了几十倍。这时露珠的脑袋像是一个被切开的西瓜一样裂开了。东山看着里面的脑浆和鲜血怎样从裂口溢出，它们混合在一起如同一股脓血。灯光从裂口照进去时，东山看到了一撮头发像是茅草一样生长在里面。

十四

东山拂晓时走入了这条小巷，东山的出现，完成了老中医多日前的预测。那时早晨已经挂在了巷口的天上，东山从那里走了进来，走入了老中医的视线。东山是这一天第一个走入他视线的人，在此之前有一只怀孕的猫在巷口蹒跚地踱过。尽管东山的面容已被硝酸全盘否定，但是老中医还是一眼认出了他，在那个绵绵阴雨之晨第一次走来的年轻人。因此此刻看着东山走来时，他的心脏和两个肺叶喜悦地碰撞了一下。东山摇摇晃晃地走到窗下时站住了脚，然后微微仰起了脸。老中医深刻领会了这个回首往事的姿态。接着东山的身影在下面一闪后便消失，老中医听到楼下那扇门呀的一声，随即是门框上的灰尘掉落下去的声音，然后是几下轻重不一的脚步。从脚步的声响里，老中医精确地计算出东山进屋以后跨出了几步和每一步的距离。当他离开窗口准备趴到地板上那个小孔去时，他感到东山就在下面。

东山是看着露珠体内的鲜血从头顶溢尽后才离开的，那时候他的嫉恨也流尽了。于是他感到内心空空荡荡。他在城里的街道上转悠了很久后，才决定来这里的。那时拂晓已经开始，他显然看到了那一片最初出现的朝霞，朝霞使他重温了露珠的鲜血在地板上流淌的情形。现在他已经站在了老中医的左眼珠下面，昏暗的四壁使他感到口干舌燥。这时他听到了从上面像灰尘一样掉落下来的声音：

"你来了。"

这声音使东山感到老中医已经等待很久了。

东山告诉他：

"我把露珠杀了,她抛弃了我……"

他听到自己的声音有气无力地在屋内嗡嗡地响着。随后他听到头顶上有一张旧报纸在掉下来,他听到老中医说:

"你把头仰起来。"

东山把头仰了起来,他看到楼板上布满了蜘蛛网,但他没看到那个小孔。

"我看不清你的脸。"老中医说。

他的声音因为隔着一层楼板而显得遥远和缥缈。随后他指示东山:

"你向右走两步……伸出右手……摸到电灯开关上……打亮电灯吧。"

东山打亮电灯以后,老中医又指示他:

"你可以回到刚才的地方了。"

东山便回到刚才的地方。

"把头仰起来。"

东山仰起头以后,电灯的光线直奔他的眼睛而来,同时一种咳嗽般的笑声也直奔他的眼睛而来。

"露珠干得不错。"

老中医在看清了东山破烂的脸以后,显然感到心满意足,他告诉东山:

"你的脸像一条布满补丁的灰短裤。"

然后东山听到老中医像是移动椅子似的脚步声,接着楼上响起了一丝金属碰撞玻璃的声音，那声音里还包含着滴水声。不久之后他听到楼梯上那扇门伤心地呀了一声，门开了；然后好像是一只玻璃瓶搁在楼梯上的迟钝响声；接着门又呀的一声关上了。他听到老中医在说：

"你用舌头舔嘴唇，说明你需要水。去拿吧，就在楼梯上。"

于是东山就沿着灰暗的楼梯走上去，那楼梯像是要塌了似的摇晃起来。在楼梯的最后一阶上，东山看到了一只形状古怪的玻璃杯。他走上去拿起了这只玻璃杯，里面水的晃动声使东山十分感动。他没有观察一下里面水的颜色，就一口喝干了，喝干以后他觉得那水的味道和玻璃杯的形状一样，十分古怪。然后他一步一步地走下了楼梯。在他走下楼梯的时候，他听到了老中医不容争辩的声音，开始习惯了刚才那种缥缈的声音的东山，对这坚定的声音有些不知所措。老中医说：

"你可以离开了。你走到巷口以后往右拐弯，走二十分钟后你就走到了那个十字路口，这一次你应该向左走。然后你一直往前，在路上不要和任何人说话，这样也就无人能够认出你。你会顺利地走进火车站，然后会同样顺利地买到一张车票。向南也好，向北也好，只要你能逃离这里一千里，你就可以重新生活了。年轻人，现在你可以走了。"

十五

那天晚上,彩蝶在经历了漫长的绝望之后,终于对自己的翌日做出了选择。那时候她听到对面人家的一台老式挂钟敲了三下。钟声悠扬地平息了她心中的痛苦。在钟声里,一座已经拆除脚手架但尚未交付使用的建筑栩栩如生地出现了。她在这座虚幻的建筑里平静地睡去了。

当她早晨起床后,她奇怪地发现自己竟然心情很好。那时候她已经坐在梳妆台前,屋外的阳光透过窗玻璃照到了镜子上。所以她在镜中凝视着自己的脸时,感到这张脸闪闪发亮。但她同时又似乎感到自己正被一双陌生的眼睛凝视。然后她离开了梳妆台,走到窗前打开窗户,屋外潮湿的空气进来时,使窗帘轻轻地摇晃了一下。然而这个索然无味的情形却使她不禁微微一笑。于是她又一次对自己的心情感到奇怪。但是她的奇怪并没有得到发展,当她关上门走到屋外时,那种奇怪便被她锁在了屋内。因此广佛在临终时的预告将不受阻挠地成为现实了。

彩蝶走在那条小巷之中时,她不可能知道这种心情其实是命运的阴险安排。所以当她明知自己在走向毁灭时,却丝毫没有胆怯之感。相反,她感到心满意足。她觉得一切忧伤都在远去,她在走向永久的宁静。命运在这天早晨为她制造了这样的心情,于是也就清扫了彩蝶走向毁灭路中的所有障碍。

彩蝶在走出小巷时,她看到了生命的最后印象。她那时看到一辆破自行车斜靠在一根水泥电线杆上,阳光照在车轮上。她看到两个车轮锈迹斑斑,于是在那一刻里她感到阳光也锈迹斑斑。这个生命的最后印象,在此后的一个小时里始终伴随着彩蝶。

彩蝶嘴角挂着迷人的微笑走出了小巷,然后她向右拐弯了,拐弯以后她行走在人行道上。阳光为梧桐树叶在道上制造了很多阴影,那些阴影无疑再次使彩蝶感到锈迹斑斑。那个时候她感到身旁的马路像是一条河流,她行走在河边。她恍若感到有几个人的目光在自己身上闪闪烁烁,她感到他们的目光也是锈迹斑斑。她就这样走过了银行、杂货商店、影剧院、牙防所、美发店……如同看一下饭店里的菜单一样,她走了过去。然后她来到了昨晚随着钟声出现的那座建筑前。她一转身就进去了,那时候挂在她嘴角的微笑仍然很迷人。她的脚开始沿着楼梯上升,她一直走到楼梯的消失处。一座大厅空空荡荡地出现在眼前。她在大厅的窗玻璃上看到了斑斑油漆,因此她在那条巷口得到的锈迹斑斑的印象,此刻被这些窗玻璃生动地发展了。她用笔直的角度走到了一扇敞开的窗前。她站在窗口居高临下地看了几眼这座小城。展现在她视野中的是高低起伏的房屋、像蚯蚓一样的街道,以及寄生在里面的树木。所有这一切最后一次让她感到了锈迹斑斑,于是她感到整个世界都是锈迹斑斑的。后来她就爬到了窗沿上,那个时候广佛在审判庭里夸夸其谈的声音也锈迹斑斑地出现了。

时隔几日以后，沙子坐在拘留所冰凉的水泥地上，以无法排遣的寂寞开始回想起他那天在路上遇到彩蝶的情景。那时候他的眼睛注视着那个名叫窗口的小洞，彩蝶迷人的微笑便在那里出现了。尽管那时还没有人告诉他彩蝶的死讯，但他已经预感到了，所以他脸上出现了心满意足的微笑。

直到很久以后，那一天里看到过彩蝶的人在此后回想起当初的情景时，都激动不已。那时候沙子已经从拘留所里出来了。一个十六岁的少年眼泪汪汪地告诉沙子：

"她漂亮极了。"

曾经在彩蝶揭纱布仪式上指出"两道刀疤"的那个男人，是在那家杂货商店门口看到彩蝶走来的。他后来是这样对沙子说的：

"她简直灿烂无比。"

但是沙子的祖母，一个八十岁的老人却并不那样看。她说是在米行那个地方看到彩蝶的。事实上她是在影剧院前看到彩蝶的，那个地方作为米行是四十多年前的事。自然她没有说看到彩蝶，她说是看到了一个妖精，并且非常坚决地断定那是一个跳楼自杀的女人。直到后来她重温那一幕时仍然战战兢兢，她告诉沙子：

"她眼睛里放射着绿光。"

沙子肯定他祖母在影剧院前看到的那个年轻女子就是彩

蝶，并不是武断的猜想。因为与此同时他的一个远房表妹也在那地方看到过彩蝶。他表妹在回忆那天的情景时没有别人那么激动，她显得十分冷漠，她对沙子说：

"他们是在虚张声势。"

沙子的表妹在那天里同样走了彩蝶走的那条路，因为其间她在美发店前看了一会儿广告，所以当她走到那座建筑前时，刚好目睹了彩蝶跳楼时的情景。

她告诉沙子彩蝶是头朝下跳下来的，像是一只破麻袋一样掉了下来。彩蝶的头部首先是撞在一根水泥电线杆的顶端，那时候她听到了一种鸡蛋被敲破般的声音。然后彩蝶的身体掉在了五根电线上，那身体便左右摇晃起来，一直摇晃了很久。所以彩蝶头上的鲜血一滴一滴掉下来时也是摇摇晃晃的。

十六

在很多日子过去以后，一个偶然的机会使东山看到了森林。东山在那个早晨按照老中医的指示走进了一列北上的列车，他在列车上昏睡了两天一夜，当他走下列车时感到自己被虚汗浸透了。然后又经历了欲生不能的三天，此后他的体质才慢慢恢复过来。当他大病初愈般地重新回想起那个早晨的情景时，他才深刻地领悟到那个老中医让他喝下的是什么，因为从此以后他永久地阳痿了。即便他尚能苟且活下去,他也不能以一个男人自居了。

森林出现的时候,东山正坐在一千里以外的某座小城的某一条街道旁,他重新的生活是从饥寒交迫开始的。森林从他面前走过去,森林没有看到他。他看着森林背着一只黑色旅行包走入了车站。他并不知道森林出来的事,但现在他知道森林是要回去了。

一九八八年一月十八日

战 栗

偶然事件

一封过去的信

一位穷困潦倒中的诗人,在他四十三岁的某一天,站在自己的书柜前迟疑不决,面对二十来年陆续购买的近五千册书籍,他不知道此刻应该读什么样的书,什么样的书才能和自己的心情和谐一致。

他将叔本华的《作为意志与表象的世界》从中间的架子上取下来,读了这样一段:"……他不认识什么太阳,什么地球,而永远只是眼睛,是眼睛看见太阳;永远只是手,是手感触着地球……"他觉得很好,可是他不打算往下读,就换了一册但丁的《神曲·地狱篇》,一打开就是第八页,他看到:"……吃过之后,她比先前更饥饿/她与许多野兽交配过/而且还要与更多的野兽交配……"他这时感到自己也许是要读一些小说,于是他站到了凳子上,在书柜最顶层取出了福克纳的《我弥留之际》。他翻到最后一页，看看书中人物卡什是怎样评价自己父亲的："'这是卡什、朱厄尔、瓦达曼，还有杜威·德尔。'爹说，一副小人得志、趾高气扬的样子，假牙什么的一应俱全，虽说他还不敢正眼看我们。'来见过本德仑太太吧。'他说。"

这位诗人就这样不停地将书籍从架子上取下来，紧接着又放了回去，每一册书都只是看上几眼，他不知道已经在书柜前站了两个多小时，只是感到还没有找到自己准备坐到沙发里或者躺到床上去认真读一读的书。他经常这样，经常乐此不疲，没有目标地在书柜前寻找着准备阅读的书。

这一天，当他将《英雄挽歌》放回原处，拿着《培尔·金特》从凳子上下来时，一封信从书里滑了出来，滑到膝盖时他伸手抓住了它。他看到了十分陌生的字迹，白色的信封开始发黄了。他走到窗前，坐了下来，取出里面的信，他看到信是一位名叫马兰的年轻女子写来的，信上这样写：

……你当时住的饭店附近有一支猎枪，当你在窗口出现，或者走出饭店时，猎枪就瞄准了你，有一次你都撞到枪口上了，可是猎枪一直没有开枪，所以你也就安然无恙地回去了……我很多情……我在这里有一间小小的"别墅"，各地的朋友来到时都在这里住过。这里的春天很美

丽，你能在春天的时候（别的时候也行）来我的
"别墅"吗？

信的最后只有"马兰"两个字的签名，没有写上日期，诗人将这张已经发黄了的信纸翻了过来。信纸的背面有很多霉点，像是墨水留下的痕迹，他用指甲刮了几下，出现了一些灰尘似的粉末。诗人将信纸放在桌上，拿起了信封。信封的左上角贴了四张白纸条，这封信是转了几个地方后才来到他手上的。他一张一张地翻看着这些白纸条，每一张都显示了曾经存在过的一个住址，他当时总是迅速地变换自己的住址。

诗人将信封翻过来，找到了邮戳，邮戳上的字迹已经模糊不清，差不多所有的笔画上都长出了邮戳那种颜色的纤维，它们连在了一起，很难看清楚上面的日期。诗人将信封举了起来，让窗外的光芒照亮它，接着，他看到或者说是分辨出了具体的笔画，他看到了日期。然后，他将这封十二年前寄出的信放在了桌子上，心里想，在十二年前，一位年轻的女子，很可能是一位漂亮的姑娘，曾经邀请他进入她的生活，而他却没有前往。诗人将信放入信封，从抽屉里拿出一个发硬了的面包，慢慢地咬了一口。

他努力去回想十二年前收到这封信时的情景，可他的记忆被一团乱麻给缠住了，像是在梦中奔跑那样吃力。于是他看着放在桌上的《培尔·金特》，他想到当时自己肯定是在阅读这

部书，他不是坐在沙发里就是躺在床上。这封信他在手中拿了一会儿，后来他合上《培尔·金特》时，将马兰的信作为书签插入易卜生的著作之中，此后他十二年没再打开过这部著作。

当时他经常收到一些年轻女子的来信，几乎所有给他写过信的女子，无论漂亮与否，都会在适当的时候光临到他的床上。就是他和这一位姑娘同居之时，也会用一个长途电话或者一封挂号的信件，将另一位从未见过的姑娘召来，见缝插针地睡上一觉。

现在，已经没有什么人给他写信了，他也不知道该给谁写信。就是这样，他仍然每天两次下楼，在中午和傍晚的时候去打开自己的信箱，将手伸进去摸一摸里面的灰尘，然后慢慢地走上楼，回到自己屋中。虽然他差不多每次都在信箱里摸了一手的灰尘，可对他来说这两次下楼是一天里最值得激动的事，有时候一封突然来到的信会改变一切，最起码也会让他惊喜一下，当手指伸进去摸到的不再是些尘土，而是信封那种纸的感受，薄薄的一片贴在信箱底上，将它拿出来时他的手会抖动起来。

所以他从书架上取下《培尔·金特》时，一封信滑出后掉到地上，对他是一个意外。他打开的不是信箱，而是一册书，看到的却是一封信。

他弯下身去捡起那封信件时，感到血往上涌，心里咚咚直跳。他拿着这封信走到窗前坐下，仔细地察看了信封上陌生的笔迹。他无法判断这封信出自谁之手，于是这封信对他来说也就充满了诱惑。他的手指从信封口伸进去摁住信纸抽了出来，他听到了信纸出来时的轻微响声，那种纸擦着纸的响声。

后来，他望到了窗外。窗外已是深秋的景色，天空里没有阳光，显得有些苍白，几幢公寓楼房因为陈旧而变得灰暗，楼房那些窗户上所挂出的衣物，让人觉得十分杂乱。诗人看着它们，感受到生活的消极和内心的疲惫。楼房下的道路上布满了枯黄的落叶，落叶在风中滑动着到处乱飘，而那些树木则是光秃秃地伸向空中。

周　林

周林，是这位诗人的名字，他仍然坐在窗前，刚刚写完一封信，手中的钢笔在信纸的下端签上了自己的名字，然后在一张空白信封上填写了马兰的地址，是这位女子十二年前的地址，又将信纸两次对折后叠好放入信封。

他拿着信站起来，走到门后，取下挂在上面的外衣，穿上后他打开了门，手伸进右侧的裤子口袋摸了摸，他摸到了钥匙，接着放心地关上了门，在堆满杂物的楼梯上小心翼翼地往下走去。

十分钟以后，周林已经走在大街上了。那是下午的时候，街道上飘满了落叶，脚踩在上面让他听到了沙沙的断裂声，汽车驶过时使很多落叶旋转起来。他走到人行道上，在一个水果店前站立了一会儿，水果的价格让他紧紧皱起了眉头，可是，他这样问自己：有多长时间没有尝过水果了？他的手伸进口袋，拿出了一枚一元钱的硬币，他看着硬币心想：上一次吃水果时，似乎还没有流通这种一元的硬币。有好几年了。穷困的诗人将一元钱的硬币递了过去，说：

"买一个橘子。"

"买什么？"

水果店的主人看着那枚硬币问。

"买橘子。"他说着将硬币放在了柜台上。

"买一个橘子？"

他点点头说："是的。"

水果店的主人坐到了凳子上，对那枚硬币显得不屑一顾，他向周林挥了挥手，说道：

"你自己拿一个吧。"

周林的目光在几个最大的橘子上挨个停留了一会儿，他的手伸过去后拿起了一个不大也不小的橘子，他问道："这个行吗？"

"拿走吧。"

他双手拿着橘子往前走去，橘子外包着一层塑料薄膜，他去掉薄膜，橘子金黄的颜色在没有阳光的时候仍然很明亮，他的两个手指插入明亮的橘子皮，将橘子分成两半，慢慢吃着往前走去，橘子里的水分远没有他想象的那么多，所以他没法一片一片地品尝，必须同时往嘴里放上三片才能吃出一点味道来。当他走到邮局时，刚好将橘子吃完，他的手在衣服上擦了擦，从口袋里取出给马兰的信，把信扔入了邮筒。他在十二年后的今天，给那位十二年前的姑娘写了回信，他在信中这样写道：

　　……你十二年前的来信，我今天正式收到了……这十二年里，我起码有七次变换了住址，每一次搬家都会遗失一些信件什么的，三年前我搬到现在这个住址，我发现自己已经将过去所有的信件都丢失了，唯有你这封信被保留了下来……十二年前我把你的信插入了一本书中，一本没有读完的书，你的信我也没有读完。今天，我准备将十二年前没有读完的书继续读下去时，我读完的却是你的信……在十二年前，我们之间的美好关系刚刚开始就被中断了，现在我就站在这中断的地方，等待着你的来到……我们应该坐在同一间房屋里，坐在同一个窗前，望着同样的景色，说着同样的话，将十二年前没有读完的书认真地读完……

两封马兰的来信

周林给马兰的信寄出后没过多久,有十来天,他收到了她的回信。马兰告诉周林,她不仅在过去的十二年里没有变换过住址,而且"从五岁开始,我就一直住在这里"。所以"你十二年后寄出的信,我五天就收到了"。她在信中说:"收到你的信时,我没有在读书,我正准备上楼,在楼梯里我读了你的信,由于光线不好,回到屋里我站到窗口又读了一遍,读完后我把你的信放到了桌子上,而不是夹到书里。"让周林感到由衷高兴的是,马兰十二年前在信中提到的"别墅"仍然存在。

这天中午,周林坐在窗前的桌旁,把马兰的两封来信放在一起,一封过去的信和一封刚刚收到的信,他看到了字迹的变化,十二年前马兰用工整稚嫩的字,写在一张浅蓝颜色的信纸上,字写得很小。信纸先是叠了一个三角,又将两个角弯下来,然后才叠出长方的形状,弯下的两个角插入到信纸之中。十二年前周林在拆开马兰来信时,对如此复杂的叠信方式感到很不耐烦,所以信纸被撕破了。

现在收到的这封信叠得十分马虎,而且字迹潦草,信的内容也很平淡,没有一句对周林发出邀请的话,只是对"别墅"仍然存在的强调,让周林感到十二年前中断的事可以重新开始。这封信写在一张纸的反面,周林将纸翻过来,看到是一张病历，上面写着：

  停经五十天　请妇科诊治

然后是日期和比马兰信上笔迹更为潦草的医生签名。

马兰的"别墅"

  马兰的别墅是一间二十平米左右的房屋，室内只有一张床、一把椅子、一张写字台和一只三人沙发，显得空空荡荡。周林一走进去就闻到了灰尘浓重的气息，不是那种在大街上飘扬和席卷的风沙，是日积月累后的气息，压迫着周林的呼吸，使他心里发沉。

  马兰将背在肩上的牛皮背包扔进了沙发，走到窗前扯开了像帆布一样厚的窗帘，光线一下子照到了周林的眼睛上，他眯缝起眼睛，感到灰尘掉落下来时不是纷纷扬扬，倒像是蒙蒙细雨。

  扯开窗帘以后，马兰从桌子的抽屉里拿出一块抹布，她擦起了沙发。周林走到窗前，透过灰蒙蒙的玻璃，他看到了更为灰蒙蒙的景色，在杂乱的楼房中间，一条水泥铺成的小路随便弯曲了几下后来到了周林此刻站立的窗下。

刚才他就是从这条路上走过来的。他们在火车站上了一辆的士，那是一辆红色的桑塔纳。马兰让他先坐到车里，然后自己坐在了他的身边，她坐下来时顺手将牛皮背包放到了座位的中间。周林心想这应该是一个随意的动作，而不是有意要将他们之间的身体隔开。他们说着一些可有可无的话，看着的士慢慢驶去。司机打开的对讲机里同时有几个人在说话，互相通报着这座城市里街道拥挤的状况，车窗外人的身影就像森林里的树木那样层层叠叠，车轮不时溅起一片片白色的水花，水花和马兰鲜红的嘴唇，是周林在这阴沉的下午里唯一感受到的活力。

　　半个小时以后，的士停在了一个十分阔气和崭新的公共厕所旁。周林先从车里出来，他站在这气派的公共厕所旁，看着贴在墙上的白色马赛克和屋顶的红瓦，再看看四周的楼房，那些破旧的楼房看上去很灰暗，电线在楼房之间杂乱地来来去去，不远处的垃圾桶竟然倒在了地上，他看到一个人刚好将垃圾倒在桶上，然后一转身从容不迫地离去。

　　他站在这里，重新体会着刚才在车站广场寻找马兰时的情景。他的双腿在行李和人群中间艰难地跋涉着，冬天的寒风吹在他的脸上，让他感受到南方特有的潮湿。他呵出了热气，又吸进别人吐出的热气，走到了广场的铁栅栏旁，把胳膊架上去，伸长了脖子向四处眺望，寻找着一个戴红帽子的女人，这是马兰在信中给他的特征。他在那里站了十来分钟，就发现自己来到了一座人人喜欢鲜艳的城市，他爬到铁栅栏上，差不多同时看到了十多顶红帽子，在广场拥挤的人群里晃动着，犹如漂浮在水面上的胡萝卜。

后来，他注意到了一个女人，一个正在走过来的戴红帽子的女人，为了不让寒风丝丝地往脖子里去，她缩着脖子走来，一只手捏住自己的衣领。她时时把头抬起来看看四周，手里夹着香烟，吸烟时头会迅速低下去，在头抬起来之前她就把烟吐出来。他希望这个女人就是马兰，于是向她喊叫：

"马兰。"

马兰看到了他，立刻将香烟扔到了地上，用脚踩了上去，扬起右手向他走去。她的身体裹在臃肿的羽绒大衣里，他感受不到她走来时身体的扭动；她鲜红的帽子下面是同样鲜红的围巾，他看不到她的脖子；她的手在手套里，她的两条腿一前一后摆动着，来到一个水坑前，她跳跃了起来，她跳起来时，让他看到了她的身体所展现出来的轻盈。

交　谈

马兰像个工人一样叼着香烟，将周林身旁的椅子搬到电表下面，从她的牛皮背包里拿出一支电笔，站到椅子上，将电表上的两颗螺丝拧松后下来说：

"我们有暖气了。"

她从牛皮背包里拿出了一个很大的电炉,起码有一千五百瓦,放到沙发旁,插上电源后电炉立刻红起来了,向四周散发着热量。马兰这时脱下了羽绒大衣,坐到沙发里,周林看到牛仔裤把马兰的臀部绷得很紧,尽管如此她的腹部还是坚决地隆出来了一些。周林看到电炉通红一片,接着看到电表纹丝不动。

这个三十多岁的女人左手夹着香烟,右手玩着那支电笔,微笑地看着周林,皱纹爬到了她的脸上,在她的眼角放射出去,在她的额头舒展开来。周林也微笑了,他想不到这个女人会如此能干,她让电变成了熊熊燃烧的火,同时又不用去交电费。

周林感到自己的身体开始炽热起来,他脱下羽绒服,走到床边,将自己的衣服和马兰的放在一起,然后回到沙发里坐下,他看到马兰还在微笑,就说:

"现在暖和多了。"

马兰将香烟递过去,问他:

"你抽一支吗?"

周林摇摇头,马兰又问:

"你一直都不抽烟?"

"以前抽过。"周林说道,"后来……后来就戒了。"

马兰笑起来,她问:

"为什么戒了？怕死？"

周林摇摇头说："和死没关系，主要是……经济上的原因。"

"我明白了。"马兰笑了笑，又说，"十二年前我看到你的时候，你手里夹着一支牡丹牌的香烟。"

周林笑了，他说："你看得这么清楚？"

"这不奇怪。"马兰说，"奇怪的是我还记得这么清楚。"

马兰继续说着什么，她的嘴在进行着美妙的变化，周林仔细听着她的声音，那个声音正从这张吸烟过多的嘴中飘扬出来，柔和的后面是突出的清脆，那种令人感到快要断裂的清脆。她的声音已经陈旧，如同一台用了十多年的收录机，里面出现了沙沙的杂音。尤其当她发出大笑时，嘶哑的嗓音让周林的眼中出现一堵斑驳的旧墙，而且每次她都是用剧烈的咳嗽来结束自己的笑声。当她咳嗽时，周林不由得要为她的两叶肺担惊受怕。

她止住咳嗽以后，眼泪汪汪地又给自己点燃一支香烟，随后拿出化妆盒，重新安排自己的容貌。她细心擦去被眼泪弄湿了的睫毛膏，又用手巾纸擦起了脸和嘴唇，接下去是漫长的化妆。她并不在意自己的身体，可她热爱自己的脸蛋。那支只吸了一口的香烟搁在茶几上，自己燃烧着自己，她已经忘记了香烟的存在，完全投身到对脸蛋的布置之中。

沮　丧

两个人在沙发上进行完牡丹牌香烟的交谈之后，马兰突然有些激动，她看着周林的眼睛闪闪发亮，她说：

"要是十二年前，我这样和你坐在一起……我会很激动。"

周林认真地点点头，马兰继续说：

"我会喘不过气来的。"

周林微笑了，他说：

"当时我经常让人喘不过气来，现在轮到我自己喘不过气来了。"

他看了看马兰，补充说：

"是穷困，穷困的生活让我喘不过气来。"

马兰同情地看着他，说：

"你毛衣的袖管已经磨破了。"

周林看了看自己的袖管，然后笑着问：

"你收到我的信时吃惊了吗？"

"没有。"马兰回答，她说，"我拆开你的信，先去看署名，这是我的习惯，我看到'周林'两个字，当时我没有想起来是你，我心想这是谁的信，边上楼边看，走到屋门口时我差不多看完了，这时我突然想起来了。"

周林问："你回到屋中后又看了一遍？"

"是的。"马兰说。

"你吃惊了吗?"

"有点。"

周林又问:"没有激动?"

马兰摇摇头:"没有。"

马兰给自己点燃一支香烟,吸了一口后说道:

"我觉得很有趣,我写出了一封信,十二年后才收到回信,我觉得很有趣。"

"确实很有趣。"周林表示同意,他问,"所以你就给我来信?"

"是的。"马兰说,"这是一方面,另一方面我是单身一人。如果我已经嫁人,有了孩子,这事再有趣我也不会让你来。"

周林轻声说:"好在你没有嫁人。"

马兰笑了,她将香烟吐出来,然后用舌尖润了润嘴唇,换一种口气说:

"其实我还是有些激动。"

她看看周林,周林这时感激地望着她,她深深吸了口气后说:

"十二年前我为了见到你,那天很早就去了影剧院,可我还是去晚了,我站在走道上,和很多人挤在一起,有一只手偷偷地摸起了我的屁股,你就是那时候出现的,我忘记了自己的屁股正在被侮辱,因为我看到了你,你从主席台的右侧走了出来，穿着一件绛红的夹克，走到了中央,那里有一把椅子,你一个人来到中央,下面挤满了人,而台上只有你一个人,空空荡荡地站在那里,和椅子站在一起。

"你笔直地站在台上,台下没有一丝声响,我们都不敢呼吸了,睁大眼睛看着你,而你显得很疲倦,嗓音沙哑地说想不到在这里会有那么多热爱文学、热爱诗歌的朋友。你说完这话微微仰起了脸,过了一会儿,前面出现了掌声,掌声一浪接一浪地扑过来,立刻充满了整个大厅。我把手都拍疼了,当时我以为大家的掌声是因为听到了你的声音,后来我才知道你说完那句话以后就流泪了,我站得太远,没有看到你的眼泪。

"在掌声里你说要朗诵一首诗歌,掌声一下子就没有了,你把一只手放到了椅子上,另一只手使劲地向前一挥,我们听到你响亮地说道:'望着你的不再是我的眼睛／而是两道伤口／握着你的不再是我的手／而是……'

"我们憋住呼吸,等待着你往下朗诵,你却站在那里一动不动,主席台上强烈的光线照在你的脸上,把你的脸照得像一只通了电的灯泡一样亮,你那样站了足足有十来分钟,还没有朗诵'而是'之后的诗句,台下开始响起轻微的人声,这时你的手又一次使劲向前一挥,你大声说:'而是……'

"我们没有听到接下来的诗句,我们听到了扑通一声,你直挺挺地摔到了地上。台下的人全呆住了,直到有几个人往台上跑去时,大家才都明白过来,都往主席台拥去,大厅里是乱成一团，有一个人在主席台上拼命地向下面喊叫，谁也听不清他在喊什么，他大概是在喊叫着要人去拿一副担架来。他不知道你已经被抬起来了，你被七八个人抬了起来，他们端着你的脑袋，架着你的脚，中间的人扯住你的衣服，走下了主席台，起码有二十来个人在前面为你开道，他们蛮横地推着喊道：'让开，让开……'

"你四肢伸开地从我面前被抬过去，我突然感到那七八个抬着你的人，不像是在抬你，倒像是扯着一面旗帜，去游行时扯着的旗帜。你被他们抬到了大街上，我们全都拥到了大街上，阳光照在你的眼睛上使你很难受，你紧皱眉头，皱得嘴巴都歪了。

"街道上从来没有过这么多人，听过你朗诵'而是……'的人簇拥着你，还有很多没有听过你朗诵的人，因为好奇也挤了进来，浩浩荡荡地向医院走去。来到医院大门口时，你闭着的眼睛睁开了，你的手挣扎了几下，让抬着你的人把你放下，你双脚站到了地上，右手摸着额头，低声说：'现在好了，我们回去吧。'

"有一个人爬到围墙上，向我们大喊：'现在他好啦，诗人好啦，我们可以回去啦。'

"喊完他低下头去，别人告诉他，你说自己刚才是太激动了，他就再次对我们喊叫：'他刚才太激动啦！'"

周林有些激动，他坐在沙发里微微打抖了，马兰不再往下说，她微笑地看着周林，周林说：

"那是我最为辉煌的时候。"

接着他"嘿嘿"笑了起来，说道：

"其实当时我是故意摔到地上的，我把下面的诗句忘了，忘得干干净净，一句都想不起来……我只好摔倒在地。"

马兰点点头，她说："最先的时候我们都相信你是太激动了，半年以后就不这样想了，我们觉得你是想不出下面的诗句。"

马兰停顿了一下，然后换了一种语气说：

"你还记得吗？你住的那家饭店的对面有一棵很大的梧桐树。我在那里站了三次，每次都站了几个小时……"

"一棵梧桐树？"周林开始回想。

"是的，有两次我看到你从饭店里走出来，还有一次你是走进去……"

"我有点想起来了。"周林看着马兰说道。

过了一会儿，周林拍了一下自己的额头说：

"我完全想起来了，有一天傍晚，我向你走了过去……"

"是的。"马兰点着头。

随后她兴奋地说："你是走过来了，是在傍晚的时候。"

周林霍地站了起来，他差不多是喊叫了：

"你知道吗，那天我去了码头，我到的时候你已经走了。"

"我已经走了？"马兰有些不解。

"对，你走了。"周林又坚决地重复了一次。

他说："我们就在梧桐树下，就在傍晚的时候，那树叶又宽又大，和你这个牛皮背包差不多大……我们约好了晚上十点钟在码头相见，是你说的在码头见……"

"我没有……"

"你说了。"周林不让马兰往下说，"其实这无关紧要，重要的是我们约好了。"

马兰还想说什么，周林挥挥手不让她说，他让自己说：

"实话告诉你，当时我已经和另外一个姑娘约好了。要知道，我在你们这里只住三天，我不会花三天的时间去和一个姑娘谈恋爱，然后在剩下的十分钟里和她匆匆吻别。我一开始就看准了，从女人的眼睛里做出判断，判断她是不是可以在一个小时里，最多半天的时间，就能扫除所有障碍从而进入实质。

"可是当我看到了你，我立刻忘记了自己和别的女人的约会。你站在街道对面的梧桐树下看着我，两只手放在一起，你当时的模样突然使我感动起来，我心里觉察到纯洁对于女人的重要。虽然我忘了你当时穿什么衣服，可我记住了你纯洁动人的样子，在我后来的记忆里你变成了一张洁白的纸，一张贴在斑驳墙上的洁白的纸。

"我向你笑了笑，我看到你也向我笑了。我穿过街道走到你面前，你当时的脸蛋涨得通红，我看着你放在一起的两只漂亮的手，夕阳的光芒照在你的手指上，那时候我感到阳光索然无味。

"你的手松开以后，我看到了一册精致的笔记本，你轻声说着让我在笔记本上签名留字。我在上面这样写：我想在今夜十点钟的时候再次见到你。

"你的头低了下去，一直埋到胸口，我呼吸着来自你头发中的气息，里面有一种很淡的香皂味。过了一会儿你抬起脸来，眼睛一眨一眨地看着别处，问我：'在什么地方？'

"我说：'由你决定。'

"你犹豫了很久，又把头低了下去，然后说：'在码头。'"

周林看到马兰听得入神，他停顿了一下，继续说：

"那天傍晚我回到饭店时，起码有五六个男人在门口守候着我，他们脸上挂着谦卑的笑容，这是我最害怕的笑容，这笑容阻止了我内心的厌烦，还要让我笑脸相迎，将他们让进我的屋子，让他们坐在我的周围，听他们背诵我过去的诗歌……这些我都还能忍受，当他们拿出自己的诗歌，都是厚厚的一沓，放到我面前，要我马上阅读时，我就无法忍受了，我真想站起来把他们训斥一番，告诉他们我不是门诊医生，我没有义务要立刻阅读他们的诗稿。可我没法这样做，因为他们脸上挂着谦卑的笑容。

"有两三个姑娘在我的门口时隐时现。她们在门外推推搡搡，咻咻笑着，谁也不肯先进来。这样的事我经常碰上，我毫

无兴趣的男人坐了一屋子,而那些姑娘却在门外犹豫不决。要是在另外的时候,我就会对她们说:'进来吧。'

"那天我没有这样说,我让她们在门外犹豫,同时心里盘算着怎样把屋里的这一堆男人哄出去。我躺到床上去打哈欠,一个接着一个地打,我努力使自己的哈欠打得和真的一样,我把脸都打疼了,疼痛使我眼泪汪汪,这时候他们都站了起来,谦卑地向我告辞,我透过眼泪喜悦地看着他们走了出去。然后我关上了门,看一下时间才刚到八点,再过半个小时是我和另外一个姑娘的约会,一想到十点钟的时候将和你在一起,我就只好让那个姑娘见鬼去了。

"我把他们赶走后,在床上躺了一会儿,要命的是我真的睡着了。当我醒来时已是凌晨三点了,我心想坏了,赶紧跳起来,跑出去。那时候的饭店一过晚上十二点就锁门了,我从大铁门上翻了出去,大街上空空荡荡一个人都没有,我拼命地往码头跑去,我跑了有半个小时,越跑越觉得不对,直到我遇上几个挑着菜进城来卖的农民,我才知道自己跑错了方向。

"我跑到码头时,你不在那里,有一艘轮船拉着长长的汽笛从江面上驶过去,轮船在月光里成了巨大的阴影,缓慢地移动着。我站在一个坡上,里面的衣服湿透了,嗓子里像是被划过似的疼痛。我在那里站了起码有一个多小时,湿透了的衣服贴在我的皮肤上,使我不停地打抖。我准备了一个晚上的激情,换来的却是孤零零一个人站在凌晨时空荡荡的码头上。"

周林看到马兰微笑着,他也笑了,他说:

"我在一块石头上坐了很久,听着江水拍岸的声响,眼睛却看不到江水,四周是一片浓雾,我把屁股坐得又冷又湿,浓重的雾气使我的头发往下滴水了,我战栗着……"

马兰这时说:"这算不上战栗。"

周林看了马兰一会儿,问她:

"那算什么?"

"沮丧。"马兰回答。

发　抖

周林想了想,表示同意,他点点头说:

"是沮丧。"

马兰接着说:"你记错了,你刚才所说的那个姑娘不是我。"

周林看着马兰,有些疑惑地问:

"我刚才说的不是你?"

"不是我。"马兰笑着回答。

"那会是谁?"

"这我就不知道了。"马兰说,"这座城市里没有码头,只有汽车站和火车站,还有一个正在建造中的飞机场。"

马兰看到周林这时笑了起来,她也笑着说:

"有一点没有错,你看到我站在街道对面,你也确实向我走了过来,不过你没有走到我面前,你眼睛笑着看着我,从我身边走了过去,走到了另外一个女人那里。"

"另外一个女人?"周林努力去回想。

"一个皮肤黝黑的、很丰满的女人。"马兰提醒他。

"皮肤很黑?很丰满?"

"她穿着紧身的旗袍,衩开得很高,都露出了里面的三角裤……你还没有想起来?我再告诉你她的牙齿,她不笑的时候都露着牙齿,当她把嘴抿起来时,才看不到牙齿,可她的脸绷紧了。"

"我想起来了。"周林说,说着他微微有些脸红。

马兰大笑起来,没笑一会儿她就剧烈地咳嗽了,她把手里的香烟扔进了烟缸,双手捧住脸抖个不停。止住咳嗽以后,她眼泪汪汪地仍然笑着望着周林。

周林"嘿嘿"地笑了一会儿,为自己解释道:

"她身材还是很不错的。"

马兰收起笑容,很认真地说:

"她是一个浅薄的女人,一个庸俗的女人,她写出来的诗歌比她的人还要浅薄,还要庸俗。我们都把她当成笑料,我们在背后都叫她'美国遗产'……"

"美国遗产?"周林笑着问。

"她没有和你说过她要去继承遗产的事？"

"我想不起来了。"周林说。

"她对谁都说要去美国继承遗产了，说一个月以后就要走了，说护照办下来了，签证也下来了。过了一个月，她会说两个月以后要走了，说护照下来了，签证还没有拿到。她要去继承的遗产先是十万美元，几天以后涨到了一百万，没出一个月就变成一千多万了。

"我们都在背后笑她，碰上她都故意问她什么时候去美国，她不是说几天以后，就是说一两个月以后。到后来，我们都没有兴致了，连取笑她的兴致都没有了，可她还是兴致勃勃地向我们说她的美国遗产。

"美国遗产后来嫁人了，有一阵子她经常挽着一个很瘦的男人在大街上走着，遇到我们时就得意洋洋地告诉我们，她和她的瘦丈夫马上就要去美国继承遗产了。再后来她有了一个儿子，于是就成了三个人马上要去美国继承遗产。

"她'马上'了足足有八年，八年以后她没去美国，而是离婚了，离婚时她写了一首诗，送给那个实在不能忍受下去的男人。她在大街上遇到我时，给我背诵了其中的两句：'我是一朵带刺的玫瑰／谁也摘不走……'"

周林听到这里"嘿嘿"笑了，马兰也笑了笑，接着她换了一种语气继续说：

"你从街对面走过来时，我才二十岁，我看到你眼睛里挂着笑意，我心里咚咚直跳，不敢正眼看你，我微低着头，用眼角的虚光看着你走近，我以为你会走到我身旁，我胆战心惊，手开始发抖了，呼吸也停了下来。"

马兰说到这里停顿下来，她看了一会儿周林，才往下说：

"可是你一转身走到了另外一个女人身边，我吃了一惊，我看着你和那个女人一起走去。你要是和别的女人，我还能忍受；你和美国遗产一起走了，我突然觉得自己遭受了耻辱。那一瞬间你在我心中一下子变得很丑陋，我咬住嘴唇忍住眼泪往前走，走完了整整一条街道，我开始冷笑了，我对自己说不要再难受了，那个叫周林的男人不过是另一个美国遗产。

"后来，过了大约有两个月，我和美国遗产成了朋友，我们经常在一起，我的朋友都很惊讶，她们问我为什么和美国遗产交上了朋友。我只能说美国遗产人不错。其实在我心里有目的，我想知道你和美国遗产之间究竟发生了什么。

"你和那个女人一起走去，我看到你的手放到她的肩上，我觉得你和她一样愚蠢，一样浅薄和庸俗。可我怎么也忘不了你站在影剧院台上时激动的声音，你突然倒下时的神圣。

"你知道吗，美国遗产后来一到夏天就穿起西式短裤，整整三个夏季她没有穿过裙子，她要向别人炫耀自己那双黝黑、有些粗壮的腿。她告诉我你当时是怎样撩起了她的裙子，然后捧住她的双腿，往她腿上涂着你的口水，你嘴里轻声说着：'多么嘹亮的大腿。'

"她以为自己的腿真的不同凡响，她被你那句话给迷惑了，看不到自己的腿脂肪太多了，也看不到自己的腿缺少光泽……嘹亮的大腿，像军号一样嘹亮的大腿。"

　　马兰说到这里，嘲弄地看着周林，周林笑了起来，马兰继续说：

　　"你走后，美国遗产说要写小说了，要把你和她之间的那段事写出来，她写了一个多月，只写了一段，她给我看，一开始写你的身体怎样从她身上滑了下去，然后写你仰躺在床上，伸开双腿，美国遗产将她的下巴搁在你的腿上，她的手摸着你的两颗睾丸，对你说：'左边的是太阳，右边的是月亮。'

　　"这时候你的手伸到那颗'月亮'旁挠起了痒痒，美国遗产问：'你把月亮给我，还是把太阳给我？'

　　"你说：'都给你。'

　　"美国遗产叹息一声，说道：'太阳出来时，月亮走了；月亮出来后，太阳没了。我没办法都要。'

　　"你说：'你可以都要。'

　　"美国遗产问：'有什么办法？'

　　"你说：'别把它们当成太阳和月亮，不就行了？'

　　"美国遗产又问：'那把它们当成什么？'

　　"你说：'把它们当成睾丸。'

　　"美国遗产说：'不，这是太阳和月亮。'

　　"她就写到这里。"马兰给自己点燃了一支香烟，看着周林继续说：

"美国遗产嘴中的你是一个滑稽的人，在她那里听到的，全是你对她的赞美之词，从嘹亮的大腿开始，她身体的每个部分都让你诗意化了。美国遗产被你那些滑稽的诗句组装了起来，她为此得意洋洋，到处去炫耀。

"她告诉我，她是你第一个女人。那是在你走后的那年夏天，也就是十二年前的那个夏天，我们躺在一张草席上，说到了你，说到两个多月前你站在影剧院台上时的激动场面，美国遗产立刻坐了起来，眼睛闪闪发亮地看着我，当时我知道她什么都会告诉我了，只要我脸上挂着羡慕的神情。

"她把嘴凑到我的耳边，其实屋子里就我们两个人，她神秘地说道：'你知道吗，我是他第一个女人。'

"我当时吃惊地睁大了眼睛，我吃惊的是你第一个女人竟然是美国遗产，这使我对你突然产生了怜悯。美国遗产看到我的模样后得意了，她问我：'你被男人抱过吗？'

"我点点头，我点头是为了让她往下说。她又问：'那个男人第一次抱你时战栗了吗？'

"'战栗？'我当时不明白这话。

"她告诉我：'就是发抖。'

"我摇摇头：'没有发抖。'

"她纠正我的话：'是战栗。'

"我点头重复一遍：'没有战栗。'

"她挥挥手说:'那个男人不是第一次抱女人。'

"说着她又凑到我的耳边,悄声说:'周林是第一次抱女人,他抱住我时全身发抖,他的嘴在我脖子上擦来擦去,嘴唇都在发抖。我问他是不是冷,他说不冷,我说那为什么发抖,他说这不是发抖,这是战栗。'"

马兰说到这里问周林:

"你能解释一下什么是发抖,什么是战栗吗?"

欺 骗

马兰继续说:

"美国遗产把你带到她家里,让你在椅子里坐下,你没有坐,你从门口走到床前,又从床前走到窗口,你在美国遗产屋中走来走去,然后你回过身去对她说了一句话,一句让我听了毛骨悚然的话。"

周林看到马兰停下不说了,就问她:

"我说了什么?"

马兰嘲弄地看着周林,她说:

"说了什么?你走到她跟前,一只手放到她的肩上,然后对她说:'让我像抱妹妹一样抱抱你。'"

周林笑了,他对自己过去的作为表示了理解,他说:

"那时候我还幼稚。"

"幼稚？"马兰冷冷一笑，说，"如此拙劣的方式。"

周林还是笑，他说：

"我知道自己说了一句废话，而且这句话很可笑。在当时，美国遗产把我带到她家里，就在她的卧室，她关上门，她的哥哥在楼下开了门进来，找了一件东西后又走了出去。然后一切都安静下来，这时候我开始紧张了，我心里盘算着怎样把美国遗产抱住，她那时弯腰在抽屉里找着什么，屁股就冲着我，牛仔裤把她的屁股绷得很圆，她的屁股真不错。

"这是最糟糕的时候，是僵局。虽然我明白她把我带到她的卧室，已经说明一些什么，我跟着她到那里也说明了一些什么。一个男人和一个女人在一间门窗都关闭的屋子里，而且这间屋子最多只有九平米，你说还能干些什么？

"问题是怎样打破僵局，我在这时候总是顾虑重重，当她的屁股冲着我时，我唯一的欲望就是从后面一把将她抱住，然后把她掀翻到床上，什么话都别说，该干什么就干什么。

"可是女人不会愿意，就是她心里并不反对自己和一个男人进行肉体的接触，她也需要借口，需要你给她各种理由，一句话她需要欺骗，需要你把后来出现的行动都给予合理的解释。对她来说，和一个男人一起躺到床上去不是一件容易的事，虽然她会很容易地和你躺在一起……"

周林看到马兰微笑地看着自己，赶紧说：

"当然，你是例外。"

马兰还是微笑着，她说：

"你继续说下去。"

周林站起来走到窗前，往楼下看了一会儿，转过身来继续说：

"所以我才会说那句话，那句让你毛骨悚然的话，可是我为她找到了借口，当她的身体贴到我身上时，她用不着再瞪圆眼睛或者表达其他的吃惊，更不会为了表示自己的自尊而抵抗我。

"当她从抽屉里拿出她写的诗歌，有十来张纸，向我转过身来时，我知道必须采取行动了，要是她的兴趣完全来到诗歌上，那么我只有下一次再和她重新开始。最要命的是在接下去的几个小时里，我将和一个对诗歌一窍不通的人谈论诗歌，还要对她那些滑稽的诗作进行赞扬，赞扬的同时还得做一些适当的修改。

"她拿着诗作的手向我伸过来时，我立刻接过来，将那些有绿色的方格的纸放到桌子上，然后很认真地对她说了那句话，欺骗开始了，那句话不管怎样拙劣，却准确地表达了我想抱她的愿望。

"她听到我的话时怔了一下，方向一下子改变了，这对她多少有点突然，尽管她心里还是有所准备的。接着她的头低了下去，我抱住了她……"

马兰打断了他的话，问他：

"你发抖了？"

周林笑了起来，他说：

"其实在她怔住的时候，我就发抖了。"

马兰笑着说："应该说你战栗了。"

周林笑着摇摇头，他说：

"不是战栗，是紧张。"

马兰说："你还会紧张？"

周林说："为什么我不会紧张？"

马兰说："我觉得你会从容不迫。"

周林说："那种时候不会有绅士。"

两个人这时愉快地笑了起来，周林继续说：

"我抱住她，她一直低着头，闭上眼睛，她的脸色没有红起来，也没有苍白下去，我就知道她对这类搂抱已经司空见惯。我把自己的脸贴到她的脸上，手开始的时候在她肩上抚摸，然后慢慢下移，来到她的腰上时，她仰起脸来看着我说：'你要答应我。'

"我问她：'答应什么？'

"她说：'你要把我当成妹妹。'

"她需要新的借口了，因为我这样抱着她显然不是一个哥哥在抱着妹妹，我必须做出新的解释，我说：'你的头发太美了。'

"她听了这话微微一笑,我又立刻赞美她的脖子,她的眼睛,她的嘴和耳朵,然后告诉她:'我不能再把你当成妹妹了。'

"她说:'不……'

"我不让她往下说,打断她,说了句酸溜溜的话:'你现在是一首诗。'

"我看到她的眼睛发亮了,她接受了这新的借口。我抱着她往床边移过去,同时对她说:'我要读你、朗诵你、背诵你。'

"我把她放到了她的床上,撩起她的裙子时,她的身体立刻撑了起来,说:'别这样,这样不好。'

"我说:'多么嘹亮的大腿。'

"我抱住她的腿,她的腿当时给我最突出的感受就是肉很多,我接连说了几遍嘹亮的大腿,仿佛自己被美给陶醉了,于是她的身体慢慢地重新躺到了床上。

"我每深入一步都要寻找一个借口,严格地按照逻辑进行,我把自己装扮成一个艺术鉴赏家,让她觉得我是在欣赏美丽的事物,就像是坐在海边看着远处的波涛那样,于是她很自然地将自己身上的衣服一件一件地交给我的手,我把她身上所有的部位都诗化了。其实她心里完全明白我在干什么,她可能还盼着我这样做,我对自己的行为,也对她的行为做出了合理的解释以后,她就一丝不挂了。

"当我开始脱自己衣服时,她觉得接下去的事太明确了,她必须表示一下什么,她就说:'我们别干那种事。'

"我知道她在说什么,这时她已经一丝不挂,所以我可以明知故问:'什么事?'

"她看着我,有些为难地说:'就是那种事。'

"我继续装着不知道,问她:'哪种事?'

"她不知道该怎么说了,我没有像刚才那样总是及时地给她借口,她那时已经开始渴望了,可是没有借口。我把自己的衣服脱光,光临到她的身上时,她只能违心地抵抗了,她的手推着我,显得很坚决,可她嘴里却一遍一遍地说:'你为什么要这样?'

"她急切地要我给她一个解释,从而使她接下去所有配合我的行为都合情合理。我什么都没有说,她的腿就抬起来,想把我掀下去,同时低声叫道:'你要干什么?'

"我酸溜溜地说,这时候酸溜溜的话是最有用的,我说:'我要朗诵你。'

"她安静了一下,接着又抵抗我了,她对我的解释显然不满,她又是低声叫道:'你要干什么?'

"我贴着她的脸,低声对她说:'我要在你身上留一个纪念。'

"她问:'为什么?'

"我说:'因为你的身体很美好。'

"她不再挣扎,她觉得我这个解释可以接受了,她舒展开四肢,闭上了眼睛。

"她后来激动无比,她的身体充满激情,她在激动的时候与众不同,我遇到过呻吟喘息的,也有沉默的,却没碰上过像她那样不停地喊叫:'妈妈,妈妈,妈妈,妈妈,妈妈,妈妈,妈妈,妈妈,妈妈,妈……'"

胆　怯

马兰说:"那么你呢?"

周林问:"你说什么?"

马兰将身体靠到沙发上,说道:

"我是说你呢?"

周林问:"我怎么了?"

马兰仔细看着周林,问他:

"你有过多少女人?"

周林想了想以后回答:

"不少。"

马兰点点头,说道:

"所以你想不起我来了。"

"不对。"周林说,"我刚才不是说了,十二年前你站在街道对面微笑地望着我。"

"以后呢?"马兰问他。

"以后?"周林抱歉地笑了笑,然后说,"我犯了一个错误,没和你在一起……我跟着美国遗产走了。"

马兰摇着头说道:

"你没有跟着美国遗产走,那天晚上你和我在一起。"

周林有些吃惊地望着马兰,马兰说:

"你不要吃惊。"

周林脸上的表情发生了变化,他开始怀疑地看着马兰,马兰认真地对他说:

"我说的是真的……你仔细想想,有一幢还没有竣工的楼房,正盖在第六层,我们两个人就坐在最上面的脚手架上,下面是一条街道,我们刚坐上去时,下面人声很响地飘上来,还有自行车的铃声和汽车的喇叭声,当我们离开时,下面一点声响都没有了……你想起来了吗?"

周林似是而非地点了点头,马兰问他:

"你和多少女人在没有竣工的楼房里待过,而且是在第六层?"

周林看着马兰,很认真地想了一会儿后,又很认真地点了点头,他说:

"我想起来了,我是和一个姑娘在一幢没有竣工的楼房里待过,没想到就是你。"

马兰微微地笑了,她对周林说:

"那时候你才二十七八岁,我只有二十岁,你是一个很有名的诗人,我是一个崇敬你的女孩,我们坐在一起,坐在很高的脚手架上。整整一个晚上我都在听你说话,我使劲地听着你说的每一句话,生怕漏掉一句,我对你的崇敬都压倒了对你的爱慕。那天晚上你滔滔不绝,说了很多有趣的事,你的话题跳来跳去,这个说了一半就说到另一件事上去了,过了一会儿你又想起来刚才的话还没说完,又跳了回去,你不停地问我:'你为什么不说话?'

"可是你问完后,马上又滔滔不绝了。当时你留着很长的头发,你说话时挥舞着手,你的头发在你额前甩来甩去……"

马兰看到周林在点头,就停下来看看他,周林这时插进来说:

"我完全想起来了,当时你的眼睛闪闪发亮,我从来没见过这么明亮的眼睛。"

马兰笑了起来,她说:

"你的眼睛也非常亮,一闪一闪。"

马兰停顿了一下,继续说:

"我们在一起坐了一个晚上,你只是碰了我一下,你说得最激动的时候把手放到了我的肩上,我自己都不知道,后来你突然发现手在我肩上,你就立刻缩了回去。

"你当时很腼腆,我们沿着脚手架往上走时,你都不好意

思伸手拉我,你只是不住地说:'小心,小心。'

"我们走到了第六层,你说:'我们就坐在这里。'

"我点了点头,你就蹲了下去,用手将上面的泥灰碎石子抹掉,让我先坐下后,你自己才坐下。

"后来你看着我反复说:'要是你是一个男人该多好,我们就不用分手了,你跟着我到饭店,要不我去你家,我们可以躺在一张床上,我们可以不停地说话……'

"你把这话说了三遍,接着你站了起来,说再过两个小时天就要亮了,说应该送我回家了。

"我就站起来跟着你往下走,你记得吗?那幢房子下面三层已经有了楼梯,下面的脚手架被拆掉了,走到第三层,我们得从里面的楼梯下去,那里面一片漆黑,你在前面,我跟在后面,我们互相看不见。在漆黑里,我突然听到你急促的呼吸声,我从来没有听到过这样的呼吸,又急又重。我先是一惊,接着我马上意识到是怎么回事了,我一旦明白以后,自己的呼吸也急促起来。我觉得自己随时都会被你抱住,我心里很害怕,同时又很激动,激动得都有点喘不过气来了。我的呼吸一急促,你那边的呼吸声就更紧张了,变得又粗又响,我听到后自己的呼吸也更急更粗……

"我们就这样走出了那幢房子,什么都没有发生,我们走到街上,路灯照着我们,你在前面走着,我跟在后面,你低头走了一会儿,才回过身来看我,我走到你身边,这时候我们的呼吸都平静了,你又开始滔滔不绝地说话了。"

马兰说到这里停了下来,她看了一会儿周林,问他:

"你想起来了吗?"

周林点了点头,他说:

"当时我很胆怯。"

"只是胆怯?"马兰问。

周林点着头说:

"是的,胆怯。"

马兰说:

"应该是战栗吧?"

周林看着马兰,觉得她不是在开玩笑,就认真地想了想,然后说道:

"说是战栗也可以,不过我觉得用紧张这词更合适。"

说完他又想了想,接着又说:

"其实还是胆怯,当时我稍稍勇敢一点就会抱住你,可我全身发抖,我几次都站住了,听着你走近,有一次我向你伸出了手,都碰到了你的衣服,我的手一碰到你的衣服就把自己吓了一跳,我立刻缩回了手。当时我完全糊涂了,我忘记了是在下楼,忘记了我们马上就会走出那幢楼房,我以为我们还要在漆黑里走很久,所以我一次又一次地胆怯了,我觉得还有机会,谁知道一道亮光突然照在了我的眼睛上,我发现自己已经来到街上了……"

勾　引

"有一点我不明白……"周林犹豫了一会儿后说,"就是美国遗产,我是说……她是怎么回事?"

马兰说:"她和你没关系。"

"没关系?"周林看了一会儿马兰,接着大声笑起来,他说,"这是你虚构的一个人?"

"不。"马兰说,"有这样一个人,我说到她的事都是真的,她也和一个诗人有过那种交往,只是那个诗人不是你。"

然后马兰笑着问他:

"你刚才说的那个喊叫'妈妈'的人是谁?"

周林也笑了起来,他伸手摸了摸额头,说:

"我以为她是美国遗产。"

马兰又问:

"你还能想起来她是谁吗?"

周林点点头,马兰则是摇着头说:

"我看你是想不起来了,就是想起来也是张冠李戴……你究竟和多少女人有过关系?"

"能想起来。"周林说,"就是要费点劲。"

周林说着身体向马兰靠近了一些,他笑着说:

"我还是不明白,我说的那句话你是怎么知道的?"

马兰问他:"哪句话?"

周林说:"就是那句很拙劣的话。"

"嘹亮的大腿?"马兰问。

周林点头说:"这句也是。"

马兰说:"那是你自己的诗句。"

周林说:"我明白了,还有一句……"

"让我像抱妹妹一样抱抱你。"马兰替他说了出来。

周林嘿嘿笑了起来,他继续问马兰:

"你说美国遗产和我没关系,可这句话……我还真说过。"

马兰说:"你是对别的女人说的。"

周林问:"你怎么会知道?"

马兰说:"我不知道,我只是猜想。因为也有人对我说过那句话,男人都是一路货色,看上去形形色色,骨子里面都一样。有的是没完没了地说话,满嘴恭维和爱慕的话,说着手伸了过来,先在我手上碰一下,过一会儿在我头上拍一下,然后就是摸我的脸了。还有的巧妙一些,说些话来声东击西,听上去什么意思都没有,可每句都在试探着我的反应。我还遇到过一上来就把我抱住的人,在一秒钟以前我还不认识他,他倒像是抱住一个和他一起生活了几年的女人……"

周林笑了起来,他问马兰:

"所以你就觉得我也会说那句话?"

马兰看了一会儿周林,说:

"你还说过更为拙劣的话。"

周林说："你别诈我了。"

马兰微笑了一下，然后问他：

"你能背诵多少流行歌曲的歌词？"

周林有些不安了，他不知所措地笑了笑，马兰继续说：

"应该是五六年前，那段时间你经常用流行歌曲的歌词去勾引女孩，这确实也是手段，对那些十八岁、二十来岁的女孩是不是很有成效？"

周林双手捏在一起，不解地问她：

"你怎么连这些都知道？"

马兰说："六年前的夏天你在威海住过？"

周林想了想后说：

"是，是在威海。"

马兰说："我也在威海，我在一家饭店里见到了你，你和十来个人坐在一起，你们大声说话，我就坐在你们右边的桌子旁，你们在一起吵吵闹闹，我看到了你。刚开始我只是觉得以前见过你，就是想不起来在什么地方见过，我不停地去看你，你也开始看我，就这样我们互相看着对方，我使劲地想你是谁。你呢，开始勾引我了，每次我扭过头来看你时，你都对我微微一笑。

"直到你同桌的一个人拿着酒杯走到你面前，大声叫着你的名字，我才知道你是谁，当时我的心都要跳出来了，我怎么也想不到六年后会在这样的地方见到你,你的头发剪短了,胡须反而留得很长,比头发还长。我当时肯定是发怔地看了你很久,你也一直微笑地看着我,你的微笑比刚才更加意味深长。

"我知道你没有认出来我是谁,要不你不会这样看着我,你会立刻站起来,喊叫着走过来,你会对我说:'你还认识我吗?'

"而不是微笑地看着我,我知道这种微笑是什么意思,我心里有些吃惊,想不到几年以后你的脸上出现了这样的神态。后来我站起来走了出去,走到饭店对面的海堤上,那时候天还没有黑,我站在堤岸上看着那些在海水中游泳的人,夕阳的光芒照在海面上,出现了一道一道的红光,随着波浪起伏着。

"有一个人走到了我身边,我知道是你,我感觉到你的头向我低下来一些,我心里咚咚直跳,我不敢看你,倒不是我太紧张了,我是害怕看到你脸上的微笑,那种勾引女人的微笑。你在我身边站了一会儿,你的头离我的脸很近,我都能够感受到你呼出的气息,你那么站了一会儿,然后我听到你说:'我是不是该安静地走开?'

"你的声音让我毛骨悚然,我没有看你是不愿看到你那种微笑,可是你让我听到了比那种微笑更叫人难受的声音。过了一会儿,你又故作温柔地说:'我是不是该安静地走开,还是该勇敢留下来?'

"我全身都绷紧了，你接着说：'难道你现在还不知道，请看我脸上无奈的苦笑。'

"我站在那里手发抖了，你却还在说：'虽然我都不说，虽然我都不做，你却不能不懂。'

"你酸溜溜的声音让我牙根都发酸，我转过身向前走了，我不想再和你站在一起，可是你跟在了我身后，你说：'就请你给我多一点点时间再多一点点问候，不要一切都带走。'

"我实在无法忍受了，我转过身来对你说：'滚开。'

"然后我大步向前走去，我脸上挂着冷笑，我为自己刚才让你滚开而感到自豪。"

马兰说到这里停下来看着周林，周林的手在自己脸上摸着，他知道马兰正看着自己，就若无其事地笑了笑，马兰继续说：

"仅仅六年时间，你就变成了另外一个人。六年前我们坐在第六层脚手架上，你情绪激昂，时时放声大笑，说的每一句话都像是喊出来的。六年以后，你酸溜溜地微笑，酸溜溜地说话了，满嘴的港台歌词。

"其实我们一起坐在脚手架上时，你已经在勾引我了，你当时反复对我说，如果我是一个男人该多好，这样我们就可以躺到一张床上去。当时我很单纯，我不知道你说这话时的真正意思，到后来，也就是几年以后，我才明白过来，不过丝毫不影响我对你的崇敬和爱慕。直到今天，我还在喜欢当时的你，我总想起你说话时挥舞着双手，还有长长的头发在你额前一甩一甩。"

马兰停顿了一下，说道：

"这是美好的记忆。"

周林转过脸来看着马兰，说：

"确实很美好。"

马兰接着说："后来就不美好了。"

周林不再看着马兰，他看起了自己的皮鞋，马兰说：

"我们后来还见过一次，是威海那次见面后两年……"

"我们还见过一次？"周林有些吃惊。

"是的。"马兰说，"也就是四年前，在一个诗歌创作班上，你来给我们讲课，那时你已经不留胡须了，你站在讲台上，两只眼睛瞟来瞟去，显得心不在焉。这是我第二次听你讲诗歌，第一次在影剧院你面对几百近千人，这一次只有三十个人听着你的声音，你讲得有气无力，中间打了三次哈欠，而且说着时常忘了该说什么，就问我们：'我说到哪儿啦？'

"讲完以后你没有回家，而是在我们创作班学员的几个宿舍里消磨了半夜时光，当然是在女学员的宿舍。有两次我在走廊上经过，听到你在里面和几个女声一起笑。到了晚上十一点，我准备上床睡觉时，你来敲门了。

"你微微笑着走了进来，自己动手关上了门，看到我站在床边，就摆摆手说：'坐下，坐下。'

"我坐下后,你坐在了我对面的床上,问我:'叫什么名字?'

"我说:'我叫马兰。'

"你又问:'是哪里人?'

"我说:'江苏人。'

"你点点头后站了起来,伸手在我脸上扭了一把,同时说:'小脸蛋很漂亮。'

"然后你走了出去。"

战　栗

"后来……"周林问,"后来我们还见过吗?"

"见过。"马兰回答。

"什么时候?"周林立刻问道。

马兰笑着说:"现在。"

周林没有笑,他看着窗口,拉开的窗帘沉重地垂在两边,屋外的亮光依然很阴沉地挂在玻璃上,透过玻璃,他看到外面天空的颜色更为灰暗了。

马兰两条手臂往上伸去,她脱下了一件毛衣,接着用手整理了一下头发,她看到周林额上出现了一些汗珠,就说:

"你脱掉一件毛衣。"

周林用手擦了擦额上的汗，摇着头说：

"不用，没关系。"

马兰说："要不关掉电炉？"

说着马兰站了起来，准备去拔掉电源插头，周林伸手挡了一下，他说：

"我不热。"

马兰站在原处看了一会儿周林，然后坐回到沙发里，两个人看着电炉上通红的火，看了一阵，周林扭过头来说：

"我是不是该离开了？"

马兰看着他没有说话，周林对她笑了笑，他说：

"其实我不应该来这里。"

周林说完看看马兰，马兰还是不说话，周林又说：

"我不知道自己勾引过你三次……其实我骨子里没有变，还是十二年前坐在脚手架上的那个长头发的人……背诵几句流行歌词，伸手在你脸上扭一把都是逢场作戏……你为什么不说话？"

马兰说："我在听你说话。"

周林看了一会儿通红的电炉，问马兰：

"既然这样，你为什么还让我来？"

他看到马兰笑而不答，就自己回答：

"想看看我第四次是怎么勾引你的？"

马兰这时接过他的话说：

"看看你第四次是怎样逢场作戏。"

周林听后高声笑起来,笑完后他站起身,说:

"我该走了。"

他向床走去,走了两步回过头来问马兰:

"对了,有一件事我想问一下,十二年前你给我写信时,为什么不说我们曾经坐在脚手架上?"

马兰回答:"我以为你看到我的名字,就会想起来。"

周林点着头说:"我明白了。"

然后他再次说:"我该走了。"

他看到马兰坐在沙发里没有动,就问她:

"你不送我了?"

马兰微笑地望着他,他也微笑地望着马兰,随后他转身走到床边,他往床上看了一会儿,回过身来对马兰说:

"马兰,你过来。"

马兰在沙发里望着他,他又说:

"你过来。"

马兰这才站起身,走到床边,周林伸手指了指放在床上的两件羽绒服,马兰看到自己的羽绒服仰躺在那里,两只袖管伸开着,显得很舒展,而周林的羽绒服则是卧在一旁,周林羽绒服的一只袖管放在马兰羽绒服的胸前。

周林问:"看到了吗?"

马兰笑了起来,周林伸手将马兰抱了过来,对她说:

"这就是第四次勾引你。"

马兰笑着说:"你的衣服在勾引我的衣服。"

那天下午,周林和马兰躺在床上时,周林看到窗台上有一粒布满灰尘的蓝色的纽扣,纽扣没有蜷缩在窗框角上,而是在窗台的中央。它在这样显眼的位置上布满灰尘,周林心想这扇窗户很久没有打开过了,是半年,还是一年?

曾经有一具身体长时间地靠在窗台上,身体离开时纽扣留下了。纽扣总是和身体紧密相连,周林看到一段女性的身体被蓝色的纽扣所封锁,纽扣脱落时,衣服扬了起来,出现了一段身体,就像风吹起树叶后露出树干那样。

马兰对周林说:

"我想看看你的脸。"

周林仰起了脸,马兰告诉他不是现在,是在他最为激动的时候,她想看到他的脸。她说她从未看到过男人在最激动时脸上的神态,以前那些男人在高潮来到时,她指指自己脖子的左侧和右侧说:

"不是把头埋在这边,就是埋在这一边。"

周林那时双手撑着自己的身体,他问马兰:

"为什么要我这样做?"

马兰笑着说:"因为你会答应我。"

接下去他们什么话都不说了,他们在充满着灰尘气息的床上和被窝里用身体交流起来,那张床起码有三个月没有睡过人了，而且是一张老式的木床，发出嘎吱嘎吱的响声。过了一段时间，把头埋在马兰脖子左侧的周林一下子撑起了身体，仰起头喊叫一声：

"快看我的脸！"

马兰看到周林紧闭双眼，脸都有些歪了，他半张着嘴呼哧呼哧地喘气，喘气声里有着丝丝的杂音。没一会儿，周林突然大笑起来，他的头往下一垂，又埋在了马兰脖子的左侧，他笑得浑身发抖，马兰抱住他也咯咯笑起来，两个人在一起大笑了足足五分钟，才慢慢安静下来。止住笑以后，周林问马兰：

"在我脸上看到了什么？"

马兰说："你的样子看上去很痛苦，其实你很快乐。"

周林说："我用痛苦的方式来表达欢乐。"

"这才是战栗。"马兰说，"我在你脸上看到了战栗。"

"战栗？"周林说，"我明白了。"

一九九一年五月

附 录

余华的世界与世界的余华
——刘康访谈录

李立超　浙江科技大学
刘　康　美国杜克大学

一、从二十年前的一篇文章谈起

李立超：刘康教授您好！您的《马克思主义与美学》《对话的喧声》等著作在中国产生了很大的影响。您堪称世界著名的中国问题专家。您的研究涉及了多个领域，例如西方与中国的马克思主义、国际关系、国际传媒与意识形态研究等等。但贯穿其中的是您对"中国问题"的深切关注与思索。在这样的总体语境下，我个人关注更多的是您通过文学作品，通过对中国当代作家，特别是对余华的研究来表达您对"中国问题"的理解。

刘康：我大学时在南京大学外文系就读，1983年来到美国之后，读的是比较文学博士。所以，我看待作家，是从比较文学的视角来看。说实话，这么多年，文学批评的文章我写得不多，更多是在理论思想方面做研究。但是，余华是我非常赞赏的中国当代作家，可以这么说，我仅有的文学批评文章都给了余华。

李立超：您的《余华与中国先锋派文学运动》收录在由洪治纲老师选编的2007年天津人民出版社出版的《余华研究资料》中。作家研究资料的选编、出版也是作家经典化过程的重要一环。相信您的这篇文章是余华研究中非常重要的来自"域外"的声音。这篇文章的英文版本"The Short-Lived Avant-Garde: The Transformation of Yu Hua"发表在2002年的*Modern Language Quarterly*上，我想，不如就让这篇文章成为我们这次访谈的开端，或是引子吧！您可否谈谈您当时写作这篇文章的初衷？或者说您在怎样一个契机之下写作了这篇文章？

刘康：时间过得真快，转眼都二十年了！写这篇文章大概有两个契机。二十年前我在宾州州立大学教比较文学，开了一门课"中国现当代文学文化"，是用英文授课的。这门课第一节，我就用了余华的短篇小说《十八岁出门远行》，当时我就跟学生讲，这个小说基本上就是当时社会的一个写照。是的，我认为它是一个写照，虽然篇幅不长，但是象征意义、寓言意义都在里面了。表面上看，《十八岁出门远行》写一个十八岁的小青年对这个世界充满了希望，充满了憧憬，他要去冒险，去面对各种各样的风险。他爸爸让他去见识外面的世界，这个孩子不管不顾地背了一个红背包就出去了，然后遇到各种各样的怪事。这个叙述很曲折，有点像社会变革的过程，充满了不确定性。我把《十八岁出门远行》解读成其时社会的寓言，这是第一个契机。

第二跟我个人学术兴趣有关。我在威斯康星大学读比较文学博士的时候，主要学文艺理论，其他很多时间都在读现代主义、后现代主义的文学作品，这里面就包括了西方的先锋派。后来我要在课上讲余华小说,就要回头来看,中国有没有现代主义,有没有先锋派?这样我就把我对西方现代主义、后现代主义、先锋派的兴趣和余华联系在了一起。所以,这里面有这样一个连接。

李立超:《十八岁出门远行》可以有很多种解读方式。可以解读为流浪汉小说、成长小说、悬疑小说等等,甚至也可以不去解读它所谓的主题。但是,它是有一个内核的,就是"不确定性",生活或者说这个世界是充满偶然性的,不是朝着一个既定方向发展。而且,我认为《十八岁出门远行》传递出的这种"不确定性"并不会给西方读者带来所谓的"文化隔阂",这种关于"不确定性"的感受是世界性的、普遍性的。而且很有意思的是,余华所描述的这种成长,是受到重击的,一个人的十八岁,一出门就受到了迎头重击,吃了这个世界的一记耳光。

刘康:是的,美国学生都很喜欢《十八岁出门远行》。余华从一开始就把我们所说的这种世界性融入他的创作,他是具有世界视野的作家。《十八岁出门远行》本身就带有一定的普遍性,写作方式、文学样式显然有流浪汉小说、成长小说的影子,这在世界文学中也有强大的影响力,所以各国读者很容易引起共鸣。《十八岁出门远行》写的是一种很特别的成长体验,这也是当时西方文学,包括美国文学中对于成长的书写方式,例如塞林格《麦田里的守望者》。成长有可能是失败的,充满挫折的。余华的这篇是对成长过程的反讽。这虽然是一个很短的小说,但有非常多的解释空间。

而且,我上那个课的时候,学生读的不是原文,是英译的版本。美国学生读余华的小说,一读就懂了。我甚至觉得余华的文字是不需要翻译的,余华是用一种世界性的语言在写作。把他的中文语言翻译成英文并不会失去什么。余华的中文写作很特别，句子比较短，用词也不复杂。

李立超：余华的语言的确呈现出一些翻译文学的特征，这也和他的阅读有关。他在20世纪80年代读到的外国小说，实际上是一种翻译文学。所以，余华的语言多少也会呈现出一些翻译语体的特征。那么您将上课的这些感受写成文章是出于一个怎样的契机呢？

刘康：这里就不得不提到我在宾州州立的一个同事，Djelal Kadir，他是比较文学领域的著名学者，是美国学术刊物 *World Literature Today* 的主编。Djelal Kadir是美国文学的专家，除了英语，他的阿拉伯语、法语、意大利语、波兰语、西班牙语、土耳其语都是母语水平。他是一个真正的世界主义者。有一天，他来听我上课，正好我在讲余华小说，他坐着听了一堂课。然后他说我讲余华太有意思了。他自己又把余华小说英译找来看了一遍，他告诉我，余华是他见到的最有趣的一个中国作家。他建议我讲课之外，应该把余华当作一个课题来研究一下。他提醒了我，给我提供了一个很好的契机，让我可以写一篇很长的关于余华的文章。对于 *Modern Language Quarterly*（MLQ）这个期刊来说，我的这篇文章已经超长了。但我把文章寄给MLQ的时候，主编说这个文章特别有意思。

李立超：那请您再多介绍一些MLQ的情况吧！中国的读者对这个刊物可能还没有一个非常细致的认识。

刘康：打个比方，*Modern Language Quarterly* 类型上大约等于中国的《文学评论》。MLQ主要刊发作家作品研究，理论思潮类的文章是附带的，读者一般从MLQ了解美国学界对世界各国作家的评价。但是MLQ基本不发关于中国作家的文章，不过主编看了我的这篇文章之后，认为它打开了一个面对中国文学的窗口。几十年过去了，主编和我一直是很好的朋友，我想可能就是关于余华的这篇文章促进了我们之间的友谊。

李立超：那可以理解为MLQ为美国学界提供了一个经典作家或是有可能成为经典作家的名单。余华是其中一员。

刘康：余华是一个可以带出"世界问题"的作家。

二、余华的"寓言"式写作

李立超：还有一点，我注意到2007年版《余华研究资料》选编了两篇来自域外的研究文章，一篇是您的，一篇是丹麦汉学家魏安娜（Anne Wedell-Wedellsborg）的《一种中国的现实——阅读余华》。您认为来自域外的声音中有何共通或差异之处呢？

刘康：我和她都是从"寓言"的角度来解读余华的小说。詹姆逊（Fredric Jameson）在"第三世界寓言"一文中把鲁迅的作品看作"第三世界文学民族寓言"的样本，而"寓言精神（allegorical spirit）在深层次上是不连贯的，是断裂和异质的东西，具有梦的多义性，而不是象征（symbol）的同质性再现"。奥尔巴赫在《摹仿论》中比较了《旧约》和《奥德赛》，他认为这两种文体代表了两种完全不同的基本类型：《旧约》对人物和事件的刻画是多样的、充满隐喻的、意义曲折复杂的；而《奥德赛》是详细地、清晰直白地、有逻辑地讲故事。这两个类型或者说传统并没有很大龃龉，而是相互交汇融合，从而深刻影响了欧洲文学的发展。詹姆逊的寓言论和他的老师奥尔巴赫的观点对于我们理解余华有什么启发？这涉及现实世界、写作、内心世界三者之间的关系。而这正是余华一直在思考的问题。

李立超：是的，这三者之间的关系是余华一直着力思考的问题。他在《虚伪的作品》里就提出"对于任何个体来说，真实存在的只能是他的精神"，"人只有进入广阔的精神领域才能真正体会世界的无边无际"。这里他想表达的一个真实是什么？精神的真实，内心的真实。所以说，余华在这个阶段所理解的真实，是"精神的真实"。外貌、衣着、职业等的这种具象世界对于余华来说并不是特别重要，而他对内心、精神的关注更加让他的作品有一种世界性。同时，奥尔巴赫从《荷马史诗》《神曲》讲到巴尔扎克、伍尔夫，他并没有做刻意的区分，而是用"现实再现"（realistic representation）把它们串起来了，这是一个很重要的提醒。而且，我一直都认为余华不仅是一个好的作家，也是非常出色的理论家，他的文论作品非常精彩。

刘康：余华不仅是理论家，他还是一个思想家。寓言式小说的特点是叙事语言和结构有层次，立体（3D）透视而非散点透视。中国传统小说的叙事是折子戏和话本的方式，长篇从《三国演义》到金庸的小说，以故事为主轴，人物可替换，可拍50—60集连续剧，从头到尾一个故事脉络。欧美电视剧现在也连续剧化了，一拍好几季，但基本是人物为中心，故事情节不断变换。西方小说有一个脉络：从"人物+故事"为中心（《荷马史诗》）到"神祇+意义"为中心（《旧约》），到这二者的混搭（文艺复兴到19世纪现实主义），再到soul searching灵魂拷问（现代主义），这是一条主线。这条线索跟西方的"犹太－基督教"宗教传统一脉相承，跟中国的叙事传统不一样。现代中国当然也有寓言式写作，在余华之前的是鲁迅，鲁迅深受尼采和俄国文学的影响，这是一个西方文学的脉络。中国文学传统里并没有陀思妥耶夫斯基、福克纳、乔伊斯这样的作家，而他们都是灵魂出窍、疯癫迷狂式的精神拷问。余华的文字类似海明威，故事像博尔赫斯、法国新小说的"迷宫＋歧义＋滴漏"。但余华的写作不是疯子式的。

李立超：余华的一部分小说不是传统意义上的"讲故事"，所以不能苛求他故事讲得是不是精彩，"讲故事""情节"这些词有时候不适用于描述余华的小说。

刘康：可以这样对比，张艺谋拍的《活着》是一个情节剧（melodrama），但余华的小说《活着》不是，《活着》是一个寓言性质的作品。但不得不承认，张艺谋的电影《活着》对余华小说《活着》的传播产生了巨大的影响。直到今天，杜克大学那么年轻的学生们依然很爱看《活着》。说到这里，可以再延伸一下，张艺谋对中国当代文学在国际上的传播起到了很大的推动作用，除了余华的《活着》，他还改编了莫言的《红高粱》，也将苏童的《妻妾成群》拍成了电影《大红灯笼高高挂》。张艺谋的这些电影让小说的影响力变得更大。

李立超：张艺谋的电影，更多的还是现实主义的。余华的《活着》则是一部关于"命运"的寓言。我想余华的寓言特征以及世界性还是离不开1985年这个时间节点。中国大陆20世纪80年代中期之后的文学创作实际上已经纳入"世界文学"的范畴。余华和他的同代作家都有着这么一个"走向世界"的雄心壮志。在学习写作的时候，他们就把自己向西方文学，特别是现代派文学敞开了。敞开之后，又结合了自己的阅读经验和写作实践。这样一来，他们自身的创作又可以纳入世界的范畴中去。

刘康：说得很对。余华这批作家都读了大量的世界文学。为什么要读世界文学？这是很重要的一点。余华自己也讲，他的生活和写作是两条路。在小镇上做牙医，他面对的风景就是人张大的嘴巴。也许生活太贫乏、太单调，很无聊，什么都缺乏。我想外国的这些文学作品为他提供了另外一种生活。

李立超：我去过海盐两次，见到了余华年轻时代的友人。发现一个很有意思的现象，海盐虽说比较小，但是80年代那会儿，那些文学青年都站得比较高，很有世界的视野。这和海盐离上海、杭州比较近也有关系，那时候他们比较容易通过上海、杭州拿到一些翻译作品。我认为这和余华的性格、生活经历也有关，他在1985年的《北京文学》发过一篇创作谈性质的文章，叫《我的"一点点"》。这篇文章里，他就提到自己没有经历过大的波折和坎坷，只有一点点甜蜜，一点点忧愁，一点点波浪。在我看来，阅读经验很多情况下也是对他的实践经验、实际生活经验的一种补充。

刘康：阅读改变人生，或者说阅读成为余华的生活。而且，阅读和写作的关系非常重要，有了阅读才有了写作。余华成长的年代，他要写起来有很多东西可以写，只要他写作的火花被点燃了，他的创作就会源源不断。但是生活经验本身只是一朵火花，让它燃烧形成熊熊大火的是他的阅读。余华的燃料、余华的海洋是世界文学。我肯定余华读过的书太多了。余华经常讲自己书读得不多，没有上过大学，这完全就是"凡尔赛"嘛！

李立超：80年代，先锋作家是一个群体性的命名。那么您是如何看待余华与他的同时代作家之间的区别？您认为余华的个人风格在哪里？

刘康：余华的语言很有海明威的风格，海明威是记者，他的语言不华丽，但很尖锐，直截了当。苏童的文字细腻、精致，他刻画和想象的是一个"民国"时代的景观。刘恒的文字充满隐喻，也和余华产生了鲜明的对比。还有一种是溢出式的或者说超常识的，莫言的文字就是这种风格，非常地夸张、花俏、艳丽，充满梦魇和呓语，可以说形式大于内容。诺贝尔文学奖委员会认为莫言是梦魇式的现实主义写作（hallucinatory realism，译为"魔幻现实主义"是错的，魔幻现实主义magicrealism是拉美文学群体的风格）。余华跟他们都不一样。我觉得余华是一个很神的作家，和其他先锋派的作家都不一样。在写作开始的时候，这一批作家可以说都是在模仿，模仿现代主义写作，模仿西化的写作，所以这个时期，他们的相似性还比较多。但是到了一定时间，他们从茧房里面突破出来了，变成一只蛾子飞出去。飞蛾扑火，到头来很多飞蛾被火扑灭了。余华没去扑火，他是破茧成蝶了。我觉得他是蜕变了，化蝶了，翩翩起舞，自由飞翔。

李立超：我非常佩服余华的一点是他的自省性和敏锐性。80年代末90年代初的时候他就已经认识到对于语言、形式的过度强调会导致先锋小说走向空洞无物。这种敏锐和判断力是难能可贵的。没有这种智慧，很难蜕变。

刘康：这是一个很有趣的现象。形式的选择有时候对一个作家有很大的影响。对余华影响最大的应该是博尔赫斯。博尔赫斯不擅长写长篇小说，海明威也是，海明威写得最好的也是中短篇小说。我认为余华继承了这两位作家，特别是海明威。我从余华身上看到了海明威的影子。

李立超：至今我还是觉得中短篇小说最能体现余华的灵性。而且，即便是余华的长篇，《兄弟》之外，像是《活着》《许三观卖血记》《第七天》《文城》都不能算是特别大体量的长篇，算是小长篇吧，但这样的小长篇最能体现余华的实力。

刘康：余华第一个长篇《在细雨中呼喊》很受西方读者喜欢。法国、美国很多研究现代主义的大师很喜欢这篇。詹姆逊就很喜欢《在细雨中呼喊》，他看的是法文版，他认为法文版有一种语言的张力或者说魅力。詹姆逊认为余华是一个难得的天才，他通过《在细雨中呼喊》看到了余华的潜力。但是，在中国，《在细雨中呼喊》可能还不能成为余华的一个里程碑式的作品。

李立超：《在细雨中呼喊》很专注于一个成长中的少年的那种体验，有对周围的恐惧、对父权的愤怒以及还有对自己生理欲望的隐秘感受。余华抓住了人在成长中瞬间的体验，然后铺叙成了一个长篇。我相信这种体验是全世界都可以共同感知的。余华将《在细雨中呼喊》形容为"一本关于记忆的书"。我认为这个小说是他的一种自我流露。在中国，我想提到余华，读者们第一时间联系到的作品还是《活着》。

刘康：《在细雨中呼喊》是余华一个很重要的实验。当我读《在细雨中呼喊》的时候，认为这个小说的自我（self）指涉太强了，这是元小说的一种方式，非常先锋派，非常细腻。取法于现代主义的余华，到了一定的阶段，特别是到了想要写长篇的时候，必然要开始思考怎样来接近现实。但这个现实肯定不是写实主义所理解的现实，而是经过一个迷宫似的对于现实的认知，它已经变得非常复杂了。这个东西如果写好了，写得很精彩，可以成为一部史诗式的巨著。

李立超：像是《追忆似水年华》。

刘康：《在细雨中呼喊》这个长篇显示了先锋派形式实验的最终限度。

三、"短命"的先锋与永远"先锋"的余华

刘康：余华非常先锋，但是先锋本身就是很短命的。余华看似一个阶段先锋一个阶段又不先锋了，但他本质上一直都是先锋的。

李立超：我认为您在21世纪初就提出先锋的"短命"（short-lived）是一个洞见。我想先锋文学或者说先锋思潮直到今天都是一个很难阐释清楚的文学史问题。您是如何看待这种所谓的"短命"的？造成这种"短命"的原因是什么？我自己一个比较粗浅的认识是，它可能有内外两种原因。内部原因是，先锋小说很多时候只停留在对技法的模仿，甚至还处在皮毛的阶段，时间长了之后就必然走向空洞，甚至疲倦。外部原因是，进入90年代之后，读者市场发生了变化，不仅大学生、知识精英要读书，普通人也需要阅读，他们要看得懂、看得有快感。那么先锋小说就很可能失去这个读者市场。当然，这两个原因也是交织在一起的。先锋（Avant-Garde）这个词本身就是从西方来的，您可否从世界的视野，或者说从中西比较的角度谈谈这个问题？

刘康：是的，这也是我所说的"审美疲劳"。80年代的很多作家沉浸在对西方的一种热烈中，很激动。到了先锋作家这里，法国新小说给了他们一个很大的刺激。法国新小说写得都不长，很短，大家

完全看不懂，觉得太怪异了。余华学习法国新小说学得很到位，学习博尔赫斯也很到位。先锋小说绕来绕去的，都是叙事迷宫，但这样很容易引起审美疲劳，读者慢慢就失去兴趣了。这一批先锋作家，有的后来慢慢就不写作了，但余华经历了一个跳跃式的蜕变。他忽然变成了一个写实风格的作家，并且是非常平民化、非常直白的写实风格。大家看到写《四月三日事件》《世事如烟》的余华突然写出了《活着》，很是吃惊，很是匪夷所思。余华的《活着》《许三观卖血记》开始讲他的小镇。

李立超：是的，回到他的海盐小镇，就像余华常说的那样"我只要写作，就是回家"。《活着》里嵌入了他在海盐县文化馆时到乡下搜集民间创作的经历，《许三观卖血记》里的李血头也来源于他的生活经历。所以，我在想，是不是那种全然的或者说过浓烈的西方现代主义的叙事技巧不能完全表达他切身的中国的经验？

刘康：我觉得先锋派短命的很大的原因，除了审美疲劳和失去读者，根本在于，跟现实的脱节越来越大。形式限制了余华对现实的把握，他要回到一种更能够让他把握现实的方式上去。我认为后来余华开始越来越多地运用海明威式的写作，从博尔赫斯跳出来，成了海明威。海明威是个记者，还喜欢捕鱼，又认识很多流离失所的欧洲移民。海明威所写的是他的切身感受，他自己切身的故事，而且都是用很平实的直截了当的写实主义的手法。

李立超：至少在80年代，余华或者说那一批的先锋作家对于西方现代派小说技法上的学习还没有完全转化到如何消化作家个体的中国经验上来，还没有办法如盐在水地将西方技巧与中国经验融合在一起，还是有一些隔阂的东西在里面。

刘康：你说到点子上去了。先锋时期，余华的这种技巧、叙事风格、写作方式、语言表达不足以让他真正把握他的生命感受。

李立超：是的。不足以让他把自己想表达的完全地传递出来。

刘康：你可以说余华在一定意义上对世界有一个现象学的思考。就是他对世界的观察不再是世界的观察了，而是世界的观察怎么跟他自己的内心体验融合在一起。这才是余华所谓的现实，不是看到的现实，是感受到的现实，这是一个非常现象学的说法。现象学家胡塞尔的说法叫Lebenswelt，即生命世界，生命世界首先是个体自我的生活感悟、生命体验。Lebenswelt英文叫lived-world，也就是lived experience，生命的体验。余华的寓言式写作是写他自己的生存经验、他的个人感受，虽然他写很多人、很多事，跨越很多时空，但始终离不开他个人的生存体验。余华这一点与其他许多作家都不同。

李立超：我在理论上没有这么深入的认识。但一直以来的观点是，余华想要表达的并不是一个看见的或者说可触碰的世界，而是经过他自己的经验、他自己的感知能力处理过的感受性的世界。我们可以通过阅读余华的文字来进行理解，在思想上跟他沟通，但是不一定能找到一个对应的真实世界去映照他。非常感谢您从现象学的角度深化了我的思考。

刘康：余华一直在寻求一种方式，一种可以把现实世界、写作、内心世界三者揉到一起并且可以表达自己体验的方式。我在猜想余华写《活着》《许三观卖血记》时候的想法。他会不会在想，这种写实主义的平铺直叙的方式不也挺好的吗？手段本身并不是最重要的，重要的是这个手段可以帮助我将内心的感受讲出来。为什么非要绕来绕去呢？他的第一个长篇《在细雨中呼喊》是一个试验，并没有成功。

然后就开始了另一种写法，写《活着》《许三观卖血记》。你觉得余华是回到现实主义吗？回到梁晓声、路遥那里？

李立超：我认为余华《活着》《许三观卖血记》回到了现实主义，这种回归不是一个单纯的线性的返回，而是一种螺旋式的上升。因为接受过先锋小说在技法上的淘洗，所以才能展示出独属于余华个人风格的现实主义。如果以路遥为参照，余华不可能回到路遥《人生》的那种形态。而且，我个人的看法是，《活着》还是有一点尝试的痕迹，《许三观卖血记》更加成熟。

刘康：那你说余华走到哪儿去了？他去了哪里？

李立超：鲁迅。在我看来余华去到了鲁迅那里。

刘康：海明威。我认为是海明威。余华起码走到了海明威那里，他将他的故事、他的感受、他的写作这三样东西结合在了一起。《活着》也好，《许三观卖血记》也好，《文城》也好，他把自己这种真的体验、真的感受写进去了。从《许三观卖血记》开始，余华就非常纯熟，他完完全全找到了自己的路子，找到了属于自己个性的东西。余华的《兄弟》也是非常好的寓言式的作品。

李立超：《兄弟》之后，2013年，余华出版了《第七天》。《第七天》当时也引起了一些争议。您怎样看待这部作品？

刘康：我觉得到了《第七天》，余华可能又在摇摆，可能又想回到他先锋时期的写作，他的语言，他所叙述的寓言，他现代主义的这种手段又强烈了许多。我认为《第七天》时期的余华还是在矛盾、在摇摆。所以我只能说《第七天》是一个阶段性的摇摆的作品。作家不可能每部都是精品。

李立超：我非常赞同您的看法。我觉得《第七天》所呈现的是中国当代作家的一个困境,在这样一个网络时代,作家也在经历一种彷徨。有了微博这些平台之后,作家怎样面对现实、处理现实成了一个问题。《第七天》也被说成是新闻事件的串烧,我起初对《第七天》也有点不满意,觉得余华怎么能不比新闻站得高?但是这两年,我发现自己和《第七天》和解了。自我反省地看,不单是作家,连我自己也受到了碎片化阅读和海量信息的冲击,有时候也很难沉下心来。余华在《第七天》里是做了尝试的,他在对抗这种新世纪之后网络时代带来的冲击,所以他写了鬼魂,用以死写生的方式表达他对现实的理解。

刘康:这是一个很沉重的话题,我甚至有一个很悲观的想法,在现在这么一个网络时代里,还能出现经典吗?还能出现我们所讲到的博尔赫斯、海明威、福克纳这样的经典作家吗?

李立超:现在全世界都已经步入了新媒体的时代,西方也在面对YouTube、TikTok。我们也在用微博、微信等等,新媒体的产生让时代产生了巨大的变化。回看80年代,作家、知识分子往往充当着引路人、思想者、启蒙者的角色。但今天,这一切好像失落了。

刘康:新媒体时代,是音乐、图像、文字搅和在一起的时代,但主要的还是图像。也是一个碎片化、数字化的时代。听你这么一说,我从《第七天》看到了一个作家的困境,还有一个作家的抱负。再往下说就是《文城》了,《文城》好像又没有了这种数字时代的痕迹,《文城》返回了一个很古典的时代。

李立超:《文城》回到了中国古典叙事资源中去了,回到古代传奇小说那里。

刘康:《文城》有一些传奇小说的要素,也有他的一贯的风格——博尔赫斯的"迷宫"式写作。对《文城》一个很好的解释，就是博尔赫斯的经典小说《小径分岔的花园》："我几乎当场就恍然大悟；小径分岔的花园就是那部杂乱无章的小说；若干后世（并非所有后世）这句话向我揭示的形象是时间而非空间的分岔。我把那部作品再浏览一遍，证实了这一理论。在所有的虚构小说中，每逢一个人面临几个不同的选择时，总是选择一种可能，排除其他；在彭㝢的错综复杂的小说中，主人公却选择了所有的可能性。这一来，就产生了许多不同的后世，许多不同的时间，衍生不已，枝叶纷披。小说的矛盾就由此而起。比如说，方君有个秘密；一个陌生人找上门来；方君决心杀掉他。很自然，有几个可能的结局：方君可能杀死不速之客，可能被他杀死，两人可能都安然无恙，也可能都死，等等。在彭㝢的作品里，各种结局都有；每一种结局是另一些分岔的起点。有时候，迷宫的小径汇合了：比如说，您来到这里，但是某一个可能的过去，您是我的敌人，在另一个过去的时期，您又是我的朋友。如果您能忍受我糟糕透顶的发音，咱们不妨念几页。"我引了这么一大段，可以作为理解《文城》的一个路径。

李立超：是的，《文城》里林祥福也充满了选择，其中有些选择甚至有离奇的味道，选择推动了故事的发展。《文城》似乎也让我们看到了余华的一种选择，《文城·补》的出现真是让人大吃一惊。《补》可以看作一个女人的个人史，余华写纪小美写得太精彩了，这么一个复杂的具有现代意识的女人。

刘康：《文城·补》有非常多的解释空间，《补》本身也可以没有，但是余华写下来了，这反而成了一个叙事谜团。余华还是非常有试验精神的，他一直在不断试验，他的试验精神非常强大。在现在这么一个时代，如果完全数字化碎片化，我们的生活还有古典的意义吗？人要是没有古典的意义，人还可以称之为人吗？我们还是需要坚持一点古典的意义。人类文明的起源给人定下了很多规矩，无论是中国的仁义礼智信也好，《圣经》的教诲也好，还是古希腊、罗马教会我们的人文精神也好，到了数字时代就当真完全消失了吗？不能完全消失。

李立超：即便是微弱的烛火，也不要让它熄灭，让它一直燃烧着。所以我想说，假如要为余华贴上一个先锋的标签，那不是文学流派意义上的先锋，而是永远充满试验精神，永远在进行尝试的精神意义上的先锋。

刘康：余华是一个充满世界眼光的探索者。当越来越多的人回到鲁迅所说的"铁屋"中去的时候，他还始终保持着一种好奇心，或者说保持着鲁迅在绝望中怀有希望的精神。

李立超：值得永远对余华的作品充满期待。

刘康："先锋已死，先锋万岁"（The Avant-Garde is Dead, Long Live the Avant-Garde）这句话可以说明余华的写作。

李立超：最后一个问题，我想回到您这里。您多年来致力于意识形态问题研究，今天我们回顾了您二十多年前的一篇论文以及您多年来对余华持续性的关注，您接下来在文学研究方面会有一些计划吗？

刘康：我是学文学出身的，文学研究是我的看家本领。这么些年来游离在自己的看家本领之外，也是有各种各样奇怪的原因。我在回到文学研究这个本来工作的时候，会突然发现其中许多闪光的东西，这么说来，我从来也没有放弃对文学的着迷。我对国际政治、理论、思想史，对很多东西都感兴趣。但我最强烈的兴趣是发现这里面有没有故事。我最大的兴趣就是对故事（story）的兴趣、故事以及故事里面的人。所以我觉得我现在不是回归文学研究，我一直是在把理论、思想、政治等当成故事，当成文学作品来读。我在杜克大学上课的主题是当代中国政治与意识形态，我自称我的研究方法是"政治戏剧学"，也即文学。这不也很好吗？

* 本文系2024年度浙江省哲学社会科学规划课题"美国中国现当代文学批评的'文学传统'建构研究"（24NDJC166YB）阶段性成果。
* 原载《小说评论》2024年第1期。